中国艺术研究院
文学艺术院
艺术创作作品集

主编
朱乐耕

THE
STARRY
SKY
OF
ART

文化艺术出版社
Culture and Art Publishing House

图书在版编目（CIP）数据

艺术星空: 中国艺术研究院文学艺术院艺术创作作品集 /
朱乐耕主编. -- 北京: 文化艺术出版社，2020.6
ISBN 978-7-5039-6923-2

Ⅰ.①艺… Ⅱ.①朱… Ⅲ.①文艺—作品综合集—中国—
当代 Ⅳ.①I217.1

中国版本图书馆CIP数据核字(2020)第098023号

艺术星空
中国艺术研究院文学艺术院艺术创作作品集

封面题字　韩子勇
主　　编　朱乐耕
责任编辑　董良敏
书籍设计　赵　矗
出版发行　文化艺术出版社
地　　址　北京市东城区东四八条52号　（100700）
网　　址　www.caaph.com
电子信箱　s@caaph.com
电　　话　（010）84057666（总编室）　84057667（办公室）
　　　　　　　84057696—84057699（发行部）
传　　真　（010）84057660（总编室）　84057670（办公室）
　　　　　　　84057690（发行部）
经　　销　新华书店
印　　刷　北京雅昌艺术印刷有限公司
版　　次　2020年9月第1版
印　　次　2020年9月第1次印刷
开　　本　710毫米×1000毫米　1/16
印　　张　23.5
字　　数　50千字
书　　号　ISBN 978-7-5039-6923-2
定　　价　168.00元

目录

前言

中国艺术研究院文学艺术院，原名为"中国艺术研究院艺术创作研究中心"，后曾用名"中国艺术研究院艺术创作院"，成立于2001年，2015年与文学研究院合并。现由朱乐耕任院长，下设三个部门：美术创作中心、文学艺术创作中心、文化创意产业研究中心。文学艺术院于2018年初成立了学术委员会，许多重大的学术问题由学术委员会讨论决策。

文学艺术院是一个以推动中国文学艺术创作研究为主旨，由不同专业的文学家及各门类艺术家组成的学术机构，现拥有在编艺术家52位，正高职称15名，副高职称15名，中级职称17名，涵盖美术、陶艺、文学、声乐、器乐、戏曲、摄影、设计、舞台表演、文化产业等，是中国艺术研究院艺术创作专业门类最多、艺术家最集中的文学艺术创作部门。

多年来，文学艺术院举办了一系列卓有成效的展览、研讨会和创作教育活动。如：参与策划2014年世界汗血马特别大会开幕式。2004年，在中国美术馆举办了首届东亚国际陶艺交流展，并作为协办单位参加了韩国弘益大学举办的第二届东亚陶艺展。2005年，协助日本东京艺术大学举办了第三届东亚陶艺展。2010年以来，协助策划海峡两岸"法兰瓷"杯陶瓷设计大奖赛及景德镇"高岭杯"国际陶艺大奖赛等活动。2010年，应邀在法国巴黎中国文化中心举办"新历史语境 —— 朱乐耕陶艺展"。2011年，应邀在德国柏林中国文化中心举办"新历史语境 —— 朱乐耕陶艺展"。2015年，在中国美术馆举办了"文明的融合与互动 —— 东西方陶艺对话展"，组织中日韩大学生柴烧工作营及佛山国际陶艺学术研讨会等活动。2016年，"艺苑国风"艺术家小组赴莫斯科中国文化中心参加纪念汤显祖和莎士比亚逝世400周年《游园·寻梦》主题演出，赴曼谷中国文化中心参加《游园·追梦》主题演出。2017年，与景德镇市政府合作，共同举办了"一座与世界对话的城市 ——'景漂'国际陶艺展"，还参与了佛山文学周的活动。同时，为配合国家文化走出去，2018年，在曼谷开展了"国之瑰宝"主题展览、演出、讲座等文化交流活动；在俄罗斯、尼日利亚、新西兰的中国文化中心举办"艺术的审美与表达一吴玉霞琵琶名曲赏析音乐会"。2019

年，在新加坡举办"与民乐经典近距离—艺苑国风民乐雅集"活动。同时参加了文化和旅游部举办的"魅力塞罕坝"主题创作活动，多次下乡实践"双扎根"的重要理念，并在中俄建交70周年之际倾力筹办了"一路守望 对话未来：纪念中俄建交70周年油画作品展"等。

为了响应习近平总书记提出的"筑就中华民族伟大复兴时代的文艺高峰"的号召，经过长时间的积极筹备，文学艺术院主办了这次学术性的汇报展。展览的目的有三：第一，向中华人民共和国成立70周年献礼；第二，向中国艺术研究院院领导和有关部门及同事汇报我们的创作成果；第三，文学艺术院的研究人员大部分都是中国艺术研究院研究生院的导师，此次文学艺术院与研究生院共同举办这次活动，实际上也是与师生们进行一次教学交流和互动的活动。

根据我院的综合性特点，经我院学术委员会讨论，我们把这次汇报展划分成不同专业的九个展览板块，由九个相关的艺术家及学术带头人领衔进行展览策划，每一个板块突出一个主题。第一个板块为中国画中的工笔重彩，由徐累老师策展；第二个板块是中国画中的写意，由徐福山老师策展；第三个板块是油画，由郑光旭老师策展；第四个板块为陶艺，由朱乐耕老师策展；第五个板块为表演艺术，由吴玉霞老师策展；第六个板块为设计，由彦风老师策展；第七个板块为舞台美术，由姜浩扬老师策展；第八个板块为摄影，由黑明老师策展；第九个板块为文学与戏剧，由唐凌老师策展。由于展览空间有限，每一期展出一个板块，分九次展完。

在展览期间，我们还安排中国艺术研究院文学艺术院不同专业的导师在研究生院举办系列讲座。

文学艺术院始终本着专业一流、创新进取、互相促进、跨界合作、共同提高的宗旨，一直在学习与创作的路上，仰望未来，勇攀艺术高峰。

中国艺术研究院文学艺术院院长

工笔重彩

百花齐放

「花与人」的绘画世界

"百花齐放，推陈出新"是1951年毛泽东主席为中国艺术研究院前身 —— 中国戏曲研究院成立时的题词。这一寓意深长的题词为新中国文化艺术的发展指明了方向，鼓舞着文艺工作者继承优秀文化传统、开创时代画风的进取精神。喜逢国庆，春花秋实，作为中国艺术研究院文学艺术院学术成果汇报的开门展，以"百花齐放"为主题，展现了我们的多重立意，心香一瓣，以此献礼中华人民共和国成立70周年。

花与人，景与情，感时而触发，下笔有如诗。千百年来，以花为媒，一直是画家歌之咏之的对象。花的姿态，花的节奏，花的枯荣，其实还是人因物成，确切而幻化。物换星移，时至今日，人与自然的关系以"变"应"不变"，绘画不离其宗而有新法，是一种承上启下的章回。

本展览集中了在中国传统媒材方面颇具代表性的8位画家，他们的作品包括绢本、纸本、水印木刻等形式。每位作者力求在"花"的内容上各有所向：有的追摹自然生态的写真，有的体味现代生活的折枝，有的调配文本语言的翻新，也有的落实在人物外饰的点缀上。而在画法上，他们大多以工致的形式，平实的叙述，偶寄通幻的布局，演绎中国传统艺术之"花"的当代绽放。

一个古老的题材如同结茧，既是成就，又是限定。如何从传统中"破茧而出"，如何为时代"守正创新"，是对画家精神和才能的考量，其中的甘苦艰辛或许只有作者自己知道。参展画家从业多年，不忘初心，借本院及本部门的学术平台，边研究，边创作，破茧如破题，翻飞似彩蝶，取得了各自的艺术进展，形成了一定的学术共识，获得了社会的良好评价。

百花竞开，殊色相映。借此机会向院内领导、同事、同学汇报，以期为万紫千红的时代增光添彩。

徐累

徐累

1963年生，江苏南通人。

1984年毕业于南京艺术学院中国画专业。

现任职于中国艺术研究院文学艺术院，兼任中国工笔画学会副会长。

曾在中国国家博物馆、苏州博物馆、今日美术馆、马伯乐画廊（纽约／马德里），
以及南京、香港、伦敦、旧金山等地的艺术机构举办个展。

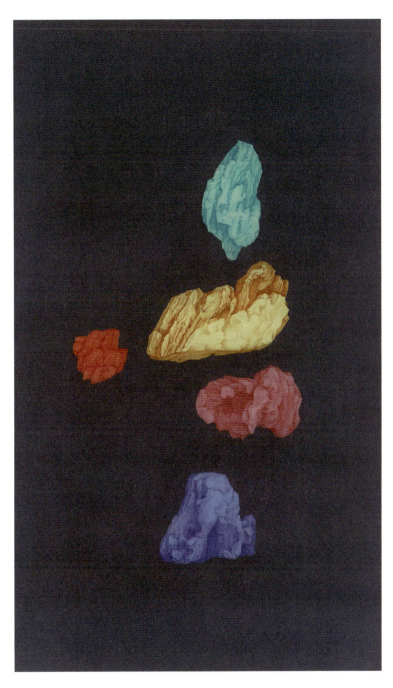

五彩石
120 cm × 70 cm
绢本设色
2017年

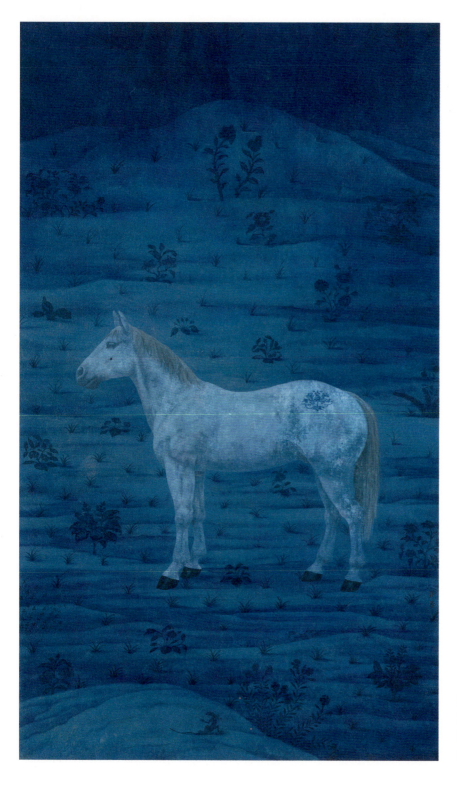

青花地
211 cm × 123 cm
纸本设色
2008年

倪瓒和达 · 芬奇
146 cm × 50 cm
纸本设色
2019 年

共圃
61.5cm×208cm（原作尺寸）
纸本设色
2018年

王德芳

国家一级美术师，中国美术家协会会员，

中国女画家协会常务理事，硕士研究生导师。

1993 年毕业于天津美术学院，

1996 年毕业于中央美术学院花鸟画室。

现为中国艺术研究院文学艺术院专业画家。

擅长工笔、写意花鸟、动物、草虫，形成了独特的个性风格。

作品被北京大学、台湾、香港，以及日本、韩国、德国等地机构收藏。

国画作品入选"文化传承·丹青力量 —— 中国艺术研究院中青年艺术家系列展"

"人民形象·中国精神 —— 中国艺术研究院创作大展"及第十一届全国美展、第十二届全国美展等。

牡丹花开孔雀来
68 cm × 32 cm
纸本设色
2019年

玉兰花开
68 cm × 33 cm（原作尺寸）
纸本设色
2018年

白鹿图
68 cm × 33 cm
纸本设色
2017年

冠上加冠
68 cm × 32 cm
纸本设色
2018年

张爱玲

字怀丹。1969 年生于山东淄博。

2000 年获中国美术学院学士学位。

2009 年、2012 年获中国艺术研究院硕士、博士学位。

现为中国艺术研究院文学艺术院专职画家。

中国美术家协会重彩研究学会理事、

中国女子书画会研究委员会常务理事。

曾举办个展"静自出尘 —— 张爱玲绘画展第一回"

"中国艺术研究院中青年艺术家系列展 —— 静逸：张爱玲作品展"。

作品入选"全国第六届工笔画大展"（获铜奖）、

"工·在当代 —— 2013 第九届中国工笔画大展"（提名艺术家）等。

窗 —— 对话
50 cm × 68 cm
纸本设色
2019年

立
172cm×172cm（原作尺寸）
纸本设色
2006年

版纳之春之一
96 cm × 43 cm
纸本设色
2017年

毛毛草系列之落叶　117 cm×105 cm　纸本设色　2013年

雷苗

1970年生于湖南长沙。

1993年毕业于南京师范大学美术系，获学士学位。

2001年毕业于南京艺术学院美术学院，获硕士学位。

现为中国艺术研究院文学艺术院专职画家，中国美术家协会会员。

轻纱·5

139cm × 123.5cm

纸本设色

2017年

百合
38 cm × 50 cm
纸本设色
2018年

山石·1
63 cm × 71 cm
纸本设色
2019年

山石·2
55cm×46cm
纸本设色
2019年

高茜

1973年生于江苏南京。

1995年毕业于南京艺术学院美术系中国画专业，获学士学位。

1998年毕业于南京艺术学院美术系中国画专业，获硕士学位。

1999—2012年，就职于上海美术馆。

2016年毕业于中国艺术研究院研究生院，获博士学位。

现为中国艺术研究院文学艺术院专职画家，

国家一级美术师，硕士研究生导师。

失忆症
84.5cm × 115.5cm
纸本设色
2016年

花非花

74 cm × 52.5 cm

纸本设色

2016年

林中鸟
69 cm × 173 cm
纸本设色
2018年

姜鲁沂

1976年生。

1998年毕业于山东师范大学美术系，获学士学位。

2001年毕业于首都师范大学美术系工笔重彩人物画专业，获硕士学位。

2006年毕业于英国邓迪大学艺术设计学院，获硕士学位。

现为中国艺术研究院文学艺术院专职画家。

作品参加"第十二届中国艺术节全国优秀美术作品展"

"第六届全国画院美术作品展""第六届全国青年美术作品展"，

以及首届"'黄宾虹奖'全国高等美术院校中国画新秀作品展"等。

七夕
170 cm × 200 cm
纸本设色
2018年

冷露无声
180 cm × 96 cm
纸本设色
2019年

花样流年
176 cm × 103 cm
纸本设色
2018年

草原红
54 cm × 39 cm
绢本设色
2015年

陆璐

1983 年生于辽宁沈阳。

2006 年毕业于中央美术学院国画系，获学士学位。

2010 年毕业于中央美术学院中国画水墨人物画创作研究方向，获硕士学位。

2010 年起就职于中国艺术研究院美术研究所，

从事当代水墨人物画创作和与绘画相关领域的学术研究。

2018 年起就职于中国艺术研究院文学艺术院美术创作中心。

2018 年，作品《新村·新春》《扎根人民·描绘古风》

参加"中国艺术研究院艺术家采风写生展"；

《城市Ⅰ》《捉迷藏》入选"全国青年艺术（书画）人才成果展"等。

生如夏花
180 cm × 85 cm
纸本设色
2013年

重新绽放

124 cm × 128 cm

纸本设色

2009年

新村·新春
cm× 121cm（原作尺寸）
纸本设色
2013年

安得广厦
200 cm × 314 cm
纸本设色
2010年

王霄

1986 年生于山东济南。

2012 年毕业于中央美术学院版画系，获硕士学位。

现为中国艺术研究院文学艺术院专职画家，中国美术家协会会员，

北京工笔重彩画会会员。

作品多次入选全国美展、全国版画展、观澜国际版画双年展、

全国青年版展等重大展览。

获第七届观澜国际版画双年展荣誉作品奖（最高奖）、

第二十届全国版画展中国美术奖提名奖（最高奖）、

第十二届全国美展获奖提名等奖项。

作品被中国版画博物馆、中央美术学院美术馆、浙江省美术馆、

江苏省美术馆、黑龙江省美术馆、

深圳美术馆、今日美术馆、关山月美术馆等收藏。

柔软之石
60 cm × 80 cm
水印木刻
2012年

On the Blue "A"
65 cm × 120 cm
水印木刻
2012年

一块枯石
28 cm × 28 cm
绢本设色
2017 年

坠梦　88 cm × 67 cm × 2　绢本设色　2017年

写意

写乃书也，意乃境也。中国绘画强调写意精神，主张"以诗为魂，以书为骨"。这是世界上独一无二的书画艺术主张，将对形象的追求附丽于对文化哲学的追逐。画家把生命的体验、内心的感觉及感悟倾注笔端，诉诸笔墨，虽谓以自然为师，造化是追，呈诸人前的终是其自我精神世界。线条是实，境界是虚；笔墨形象是实，构图意境是虚。古贤所体会的虚实相生，正是"写"而有"意"的跨界链接，"含道映物""澄怀味象"既标识了客体和主体的关系，也把主体和客体的界限打破，在这个意义上，可以说天人关系是写意的永恒主题。

纵观中国画史，观画得人，识人解画，追求"个性解放"也好，"以形写神""形神兼备"也好，无不是主体投射客体、最终改变了客体或者与客体相融合的实践，这和人类与大自然的关系高度一致。

古之文人画家无不汲汲于此，虽徘徊物的世界，而不懈追索的是超现实的净土。写意精神穿越了中国画史，时至今日仍在拷问画家主体的精神能动力。中华民族已经跨进了崭新的时代，中国画面对沉厚的传统，如何接力、如何创造，此类发问已经屡见不鲜，而答案仍然犹如远山，似近还远。所谓"路漫漫其修远兮，吾将上下而求索"，2000多年前的慨叹仍有现实意义。也许这正是人类的宿命或曰使命，踵武前贤，薪火不息，永远以此代现实之"形"，传此代艺术之"神"，以无愧于此代、无愧于未来的宏大格局，写属于新时代的我意。

濮福山

袁熙坤

第十一、十二届全国政协常委，

联合国首任"环保艺术大师"。

现任北京金台艺术馆馆长，中国收藏家协会名誉会长，

中国艺术研究院研究员，俄罗斯美术研究院荣誉院士，

全国五一劳动奖章获得者。

2016年，国际天文学联合会（IAU）国际小行星中心将214883号小行星命名为"袁熙坤星"。

威震河岳
69.2 cm × 58.4 cm
纸本水墨
2019年

弼马温之所见
66.5 cm × 89 cm
纸本水墨
2016年

马到成功
78 cm × 180 cm
纸本水墨
2017年

李岗

字星弟。1960 年生于黑龙江。

先后毕业于吉林艺术学院美术系中国画专业、中央美术学院中国画系助教研修班。

现为中国艺术研究院文学艺术院画家，

国家一级美术师，中国美术家协会会员，

中国传记文学学会会员，中国少数民族戏剧家学会理事。

主要创作及研究方向为中国水墨戏曲人物画、写意人物画、山水画、抽象水墨、瓷画等。

近 10 年来，先后在中国美术馆、中国艺术研究院、中国国家大剧院、

恭王府、荣宝斋等举办专题展。

出版有《当代中国画实力派画家作品集·李岗》《李岗戏画》《意象水墨》等 10 余部。

作品被美国、德国、澳大利亚、韩国等国家，

以及中国国家博物馆、中国国家大剧院、中国美术馆等机构收藏。

姐妹图
98 cm × 96 cm
纸本设色
2019年

塔吉克少女
98 cm × 62 cm（原作尺寸）
纸本水墨
2019年

塔吉克少女
己亥芒种
男生於塔什
庫尓干

外师造化（局部）

外师造化
47 cm × 190 cm
纸本水墨
2012年

林维

笔名大惟，别署崇德居主人。

1962年生于福建连城。

1991年毕业于上海戏剧学院舞台美术系，获文学学士学位。

2006年毕业于中国美术学院国画系，获文学硕士学位。

2012年毕业于中央美术学院造型艺术研究所当代中国（花鸟）画研究专业，
获文学博士学位。

现为中国艺术研究院文学艺术院专职画家，
国家二级美术师，硕士研究生导师，中国美术家协会会员。

叭叭鸟　大喇叭　山茄子　幸福花
138 cm × 68 cm
纸本设色
2019年

红腹映花开　春至秋徘徊
138 cm × 68 cm
纸本设色
2019年

白纸扇大凉藤 消暑毒金玉身 右挺写

白纸扇　大凉藤　消暑毒　金玉身

138 cm × 68 cm

纸本设色

2019年

拂拂西風弄野黄霸林秋老栗拳張綠躍躍真堪喜一飽何須向太倉綠後遺枝守歲在壬辰三月寫秋岳詩意林雄

吉利图
181 cm × 97 cm
纸本设色
2011年

锦绣春光
68 cm × 138 cm
纸本设色
2019年

张龙新

1963年生于江苏连云港。

毕业于中央美术学院油画系第十三届硕士课程班、

中国艺术研究院美术学研究生班。

现为中国艺术研究院文学艺术院专职画家，

中国美术家协会河山画会副会长，中国画学会常务理事，

全国青联第九届委员，中国美术家协会会员。

1998年获"龙脉杯"全国中国画大赛金奖。

1999年获"鑫光杯"迎澳门回归中国画精品展铜奖。

2002年在巴黎联合国教科文组织展厅举办"张龙新长城系列作品展"。

2003年获"中国美术金彩奖"第二届银奖、"第二届全国中国画展"优秀奖。

2004年作品入选第十届全国美展。

东方微笑·慈容系列之一
120 cm × 68 cm
纸本水墨
2019年

东方微笑·慈容系列之二
120 cm × 68 cm
纸本水墨
2019年

天坛
136 cm × 116 cm
纸本水墨
2016年

长城系列之云淡
180 cm × 180 cm
纸本水墨
2008 年

崔自默

1967年生于河北省深泽县。获理工科学士、硕士学位，艺术史学博士学位。
2012年荣获联合国教科文民间艺术国际组织（IOV）"文化艺术特别成就奖"，
同年成立"崔自默跨国艺术工作室"。
被聘为"中国残奥会爱心大使""北京市慈善基金会形象大使""北京旅游文化使者"
"2012（伦敦）奥林匹克美术大会艺术指导委员会主任委员"及众多大学客座教授等。
主张"艺术之精神，科学之思想"，
是当代学者型艺术家，创作范围涵盖书法、篆刻、国画、油画、
瓷器、雕塑、装置、漫画、摄影及寓言、诗歌、散文、随笔等领域。
主要著作有《为道日损：八大山人画语解读》《章草艺术》
《艺文十说》《莲界》《得过且过集》《心鉴》《视觉场》《我非我集》等。

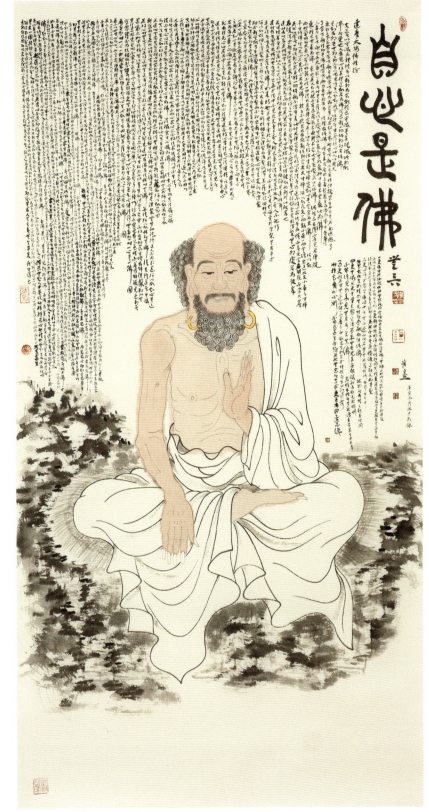

达摩
139 cm × 69 cm
纸本设色
2010年

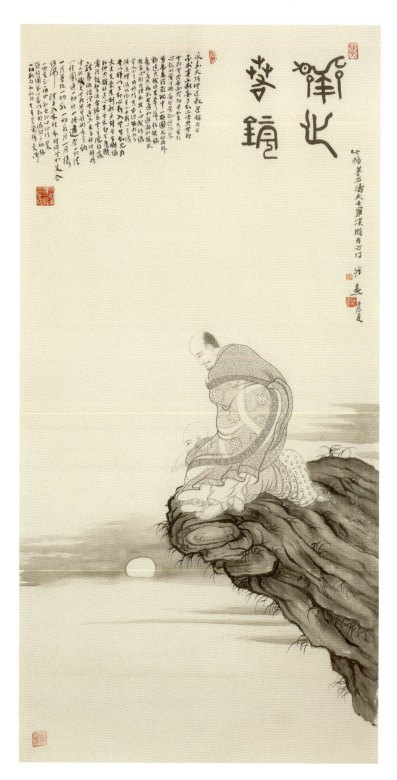

用心若镜
139 cm × 69 cm
纸本水墨
2012年

清凉
139 cm × 69 cm
纸本水墨
2012 年

见性明心
139 cm × 69 cm
纸本水墨
2012年

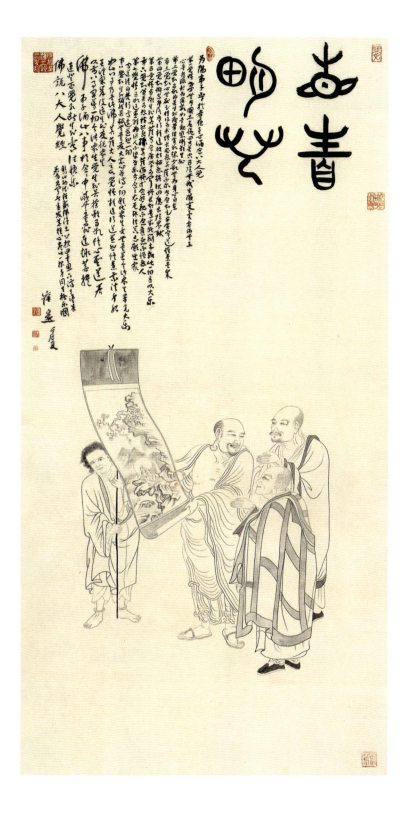

夏北山

又名夏冰。1968年生于河南固始。

毕业于中央美术学院中国画系、北京大学艺术学系。

曾任中国艺术研究院中国画名师工作室主任，文化和旅游部青联副秘书长、
美术委员会副主任。

现为中国艺术研究院文学艺术院创作员，

国家一级美术师，硕士研究生导师，

中国农工民主党中央文化委员会副主任、中央书画院副院长，

文化和旅游部"群星奖""中国艺术节""中国书画艺术之乡"书画评审委员，

中国美术家协会会员。

作品曾获奖，并被中央美术学院和博物馆收藏。

山林
48cm × 180cm
纸本水墨
2013年

桃源文章
60 cm × 170 cm
纸本水墨
2015年

山林
60 cm × 83 cm
纸本水墨
2012年

山林
180 cm × 48 cm
纸本水墨
2013 年

崔大中

又名崔庆忠。1969年生于山东省蒙阴县。

1994年获曲阜师范大学美术系文学学士学位。

1997获中国艺术研究院美学硕士学位，师从陈醉先生。

曾任中国艺术研究院艺术培训中心主任兼研究生部常务副主任、
艺术品鉴定中心主任。

现为中国艺术研究院副研究员，中国美术家协会会员。

出版有《现代派美术史话》《表现主义》《图说中国绘画史》
《当代山水画研究：山境水情》《世界艺术史·绘画卷》
《混沌的明晰：崔大中创作思考及山水画作品》等，
并在国内重要期刊发表学术论文和美术批评文章数百篇。

作品多次参加国内重大美术展览并多次在重要美术刊物上发表，
部分作品被海内外收藏家收藏。

崮华图
136 cm × 68 cm
纸本水墨
2019 年

岱崮印象

136 cm × 68 cm

纸本水墨

2019年

山居得清明
196 cm × 98 cm
纸本水墨
2012年

徐福山

生于1970年，山东平度人。

文学博士。现为中国艺术研究院文学艺术院副院长，

国家一级美术师，硕士研究生导师，

中国美术家协会会员，中华诗词协会会员，

文化和旅游部青联书法工作委员会副主任，荣宝斋学术委员会委员。

书画作品数十次参加国内外展览并获奖。

先后受邀在澳大利亚、加拿大、韩国等国家举办个展。

发表论文、艺术评论、诗词200余篇。

出版有《文心墨韵 —— 徐福山诗词赏析》《徐福山书画集》

《写意文心 —— 徐福山书画作品集》《徐福山花鸟作品集》等。

柿柿如意
138cm × 68cm
纸本设色
2019年

梦里故家山
138 cm × 68 cm
纸本设色
2019年

山中老梅
138 cm × 68 cm
纸本设色
2019年

崂山一隅

68 cm × 68 cm

纸本设色

2014年

超山宋梅
178cm × 90cm
纸本水墨
2016年

潘映熹

1991年任《生活时报》设计室副主任、

《科技与企业》杂志设计总监。

毕业于云南艺术学院舞蹈系，获学士学位。

1999年结业于中央美术学院油画系第十届硕士研究生课程班。

2009年毕业于清华大学美术学院绘画系，获硕士学位。

中国艺术研究院文学艺术院专职画家，文化和旅游部第二届青联委员，

中央国家机关第三届青联委员。

作品多次参加国内外展览，并在国内外学术刊物上发表。

叠香痕
50 cm × 50 cm
纸本设色
2019年

霏红（一）

50 cm × 50 cm

纸本设色

2019年

霏红（二）
50 cm × 50 cm
纸本设色
2019年

万物春

50 cm × 50 cm

纸本设色

2019年

镜花缘
50 cm × 50 cm
纸本设色
2019年

王晓丽

生于1973年。

1997年毕业于中央工艺美术学院（今清华大学美术学院）
装饰艺术系装饰绘画专业，获学士学位。

2011年毕业于中国艺术研究院研究生院，获硕士学位。

2012年进入中国艺术研究院从事美术创作与研究工作。

荷2
45 cm × 55 cm
纸本彩墨
2017年

荷5　45cm×55cm（原作尺寸）　纸本彩墨　2017年

荷3
45 cm × 55 cm
纸本彩墨
2017年

荷7
45 cm × 55 cm
纸本彩墨
2017年

陈
亚
莲

1976 年生于山东。国画艺术家、策展人，

中国艺术研究院文学艺术院研究员，

曲阜师范大学兼职教授，北京女美术家联谊会副会长，

中国华侨公益基金会国际艺术发展基金主任，

中国收藏家协会当代艺术收藏委员会副会长。

曾在中国美术馆、人民大会堂、中国民族博物馆举办个人艺术展。

2016 年，作品《天路》参加中国美术馆贺岁大展"中华民族大团结全国美术作品展"，

并被中国美术馆收藏。

2001 年，作品《高原的春天》（又名《高原牧民》）被国务院紫光阁收藏，

并入选《中南海紫光阁藏画》。

2000 年，作品《抚今追昔》获第三届首都艺术博览会特等奖。

2002 年，中国画作品《镌刻的记忆》获国际艺术博览会国画组一等奖。

2014 年获"2013 和谐中国年度特别贡献奖"。

2005 年出版画册《我的西藏十年》。

天路
223 cm × 193 cm
纸本设色
2008—2009年

父亲
280 cm × 168 cm
纸本设色
2005 年

《列仗》

220 cm × 193 cm

纸本设色

2007—2008年

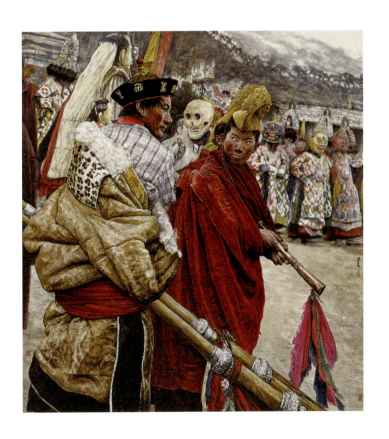

生命的曙光　214cm×121cm　纸本设色　2005年

中源西楫画作舟

画论云"绘事后素"，方能仗笔如楫，泛艺为舟。良弓美玉，脱胎于山野木石，光芒才渐次隐现；在艺术之路上，质朴、青涩是艺术家最宝贵的初心和最厚重的底色。

作为我院较为年轻的艺术创作部门，文学艺术院油画创作组就有着这样的初心与底色。油画创作组由9位我院从事油画创作的一级美术师、二级美术师、研究员、专职画家组成，是一支鲜活的中青年油画创作力量。在创作水平层面，有着国家主题创作特邀画家、国家艺术基金获得者等顶尖履历；在学术背景层面，俄罗斯创作金质奖章、艺术科学院荣誉院士、留日美术学博士、美国肖像协会与画家学会会员等头衔，让这样一个中青年团队拥有着与众不同的国际性视野和不可小觑的专业影响力。

近年来，在我院诸多极为重要的学术活动与成就中，都倾注和凝结了油画创作组的勤恳付出，如协助我院完成"两项重大"的成果落实，参与文化和旅游部"美丽塞罕坝"主题创作，多次下乡实践"双扎根"重要理念，并在中俄建交70周年之际倾力筹办了"一路守望对话未来 —— 纪念中俄建交70周年油画作品展"等。

在未来，油画创作组将秉承初心，深耕创作，协同发力，在我院雄厚的学术基础上，逐步打造一支在国内专业领域具有鲜明国际化特征、领先学术理念和顶尖业务水平的创作队伍。

俯仰造化，泛艺为舟。此刻的莘莘初心，终会让我辈负梦前行。

徐晨阳

中国艺术研究院文学艺术院专职画家。

1990 年起参加国内外美术大展并获奖。

1992 年毕业于南京艺术学院美术系油画本科专业，获刘海粟奖学金。

1994 年获日本文部省奖学金赴日留学，

先后在上越教育大学、筑波大学、东京艺术大学三所日本国立大学学习，

获艺术学硕士和教育学硕士学位。

2004 年在日本获第三十三届"绘画的现在 —— 精锐选拔展"唯一金奖。

2006 年回国，定居北京。

2009 年在中国艺术研究院研究生院获美术学博士学位，留院工作至今。

2017 年在丹麦获第六届 J.C. 雅格布森奖肖像大赛二等奖。

先后在国内外举办 26 次个人画展。

作品参加"自塑：笔道与心迹 —— 2018 中国当代油画学术邀请展"

"法国巴黎大皇宫艺术财富沙龙展""第十一届佛罗伦萨双年展"。

木星之一
194 cm × 91 cm
布面油画
2015年

枝
145.5 cm × 97 cm（原作尺寸）
布面油画
2016年

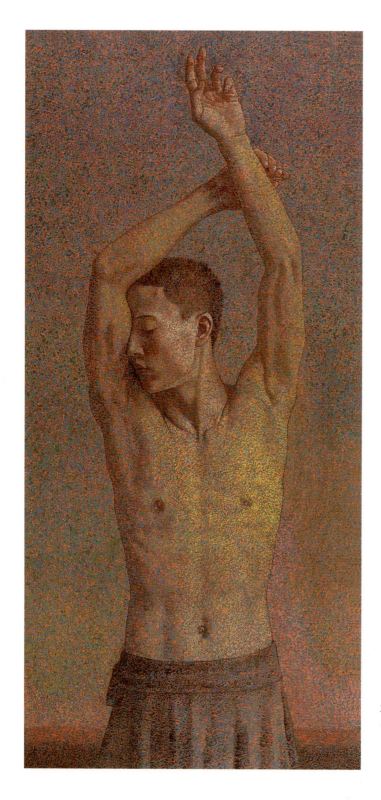

木星之二
194 cm × 91 cm
布面油画
2015年

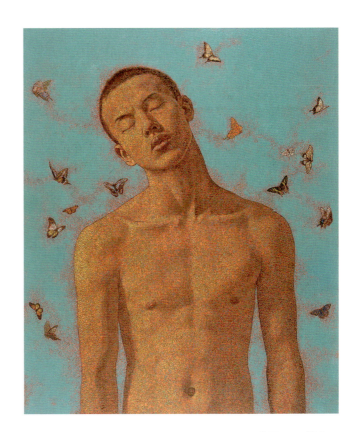

木星 —— 蝶之二
194 cm × 162 cm
布面油彩
2015年

王桂勇

1969年生于山东兖州。

先后毕业于济宁学院、中国艺术研究院研究生院，研究生学历，获文学硕士学位。

现为中国艺术研究院文学艺术院专职画家，

国家二级美术师，中国美术家协会会员。

剃头

100 cm × 60 cm

布面油画

2017年

老周
100 cm × 60 cm
布面油画
2017年

儿时的记忆 —— 爆米花
180 cm × 150 cm
布面油画
2017年

郑光旭

中国艺术研究院文学艺术院美术创作中心副主任、博士研究生导师、专职画家，

国家一级美术师，中国美术家协会会员，俄罗斯美术家协会会员，

欧美同学会会员，国家艺术基金获得者，

获俄罗斯美术家协会金质奖章、俄罗斯艺术创作协会金质奖章。

江苏师范大学美术学院、贵州师范学院美术学院及西北民族师范大学特聘教授。

2015年当选俄罗斯艺术科学院荣誉院士。

绘画作品入选第九届、第十届全国美展，金陵百家油画展，

第三届全国壁画大展，第一届、第二届中国风景油画邀请展，

贺岁大展 —— 中华民族大团结全国美术作品展，

第五届全国画院美术作品展览，

以及意大利威尼斯国际沙龙展，俄罗斯国际双年展，

莫斯科 ARS LONGA 油画展，莫斯科今日艺术展，

2016年俄罗斯油画展等国内外、省部级以上展览40余次，并在国内外多次举办个人画展。

多幅油画作品被中国美术馆、俄罗斯艺术科学院博物馆、俄罗斯新城博物馆等学术团体和机构收藏。

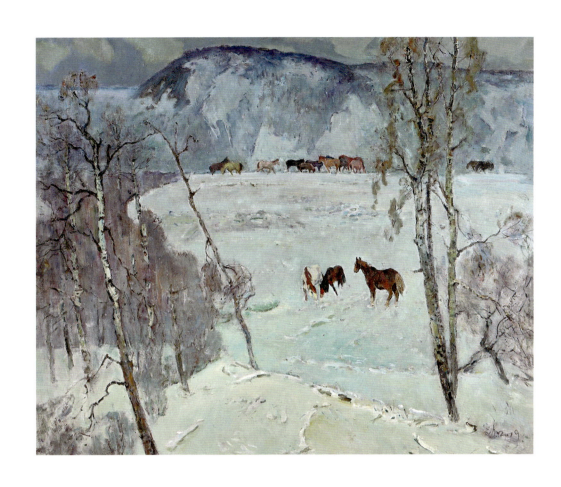

塞罕坝之冬
100 cm × 120 cm
布面油画
2019年

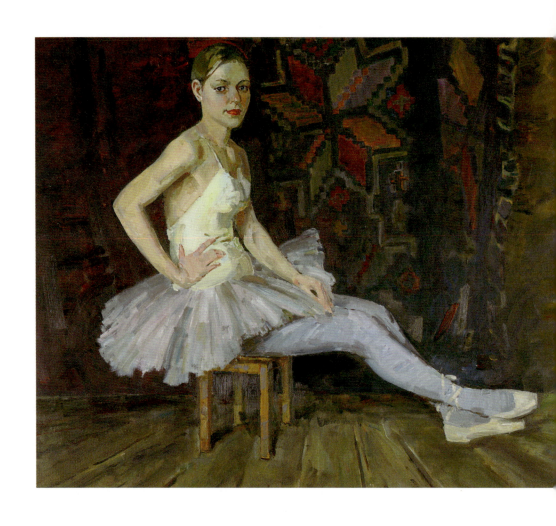

俄罗斯女芭蕾舞演员伊拉
127 cm × 156 cm
布面油画
2019年

老房
75cm×60cm
布面油画
2012年

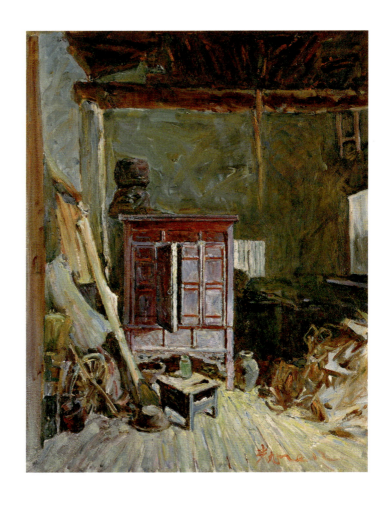

阳光下的白桦林　120cm×180cm　布面油画　2019年

吴成伟

1973年生于沈阳。现定居于北京。
1997年毕业于沈阳师范大学美术学院油画专业。
现为中国艺术研究院文学艺术院画家。

惠安女系列之梦回惠安
97 cm × 136 cm
布面油画
2016年

往事
130 cm × 162 cm
布面油画
2010年

五牛图
60 cm × 90 cm
布面油画
2018年

塞罕坝之夏
60 cm × 90 cm
布面油画
2018年

邹操

东北师范大学美术学院油画专业硕士，
吉林大学哲学社会学院西方哲学专业博士，
中央美术学院美术学博士后，
曾执教于中央美术学院，现就职于中国艺术研究院，
东北师范大学美术学院客座教授、博士研究生导师。
艺术理论研究涉猎现当代西方哲学与艺术的比较研究、当代艺术理论、
西方现当代美学、中国古代画论与思想研究等领域。
艺术创作涉猎绘画、装置、影像、科技艺术及其"社会雕塑"等领域。
先后在北京、上海、香港、台湾，以及美国、德国、奥地利、韩国等地举办个人画展
和展览，并入选第 54 、57 届威尼斯双年展。

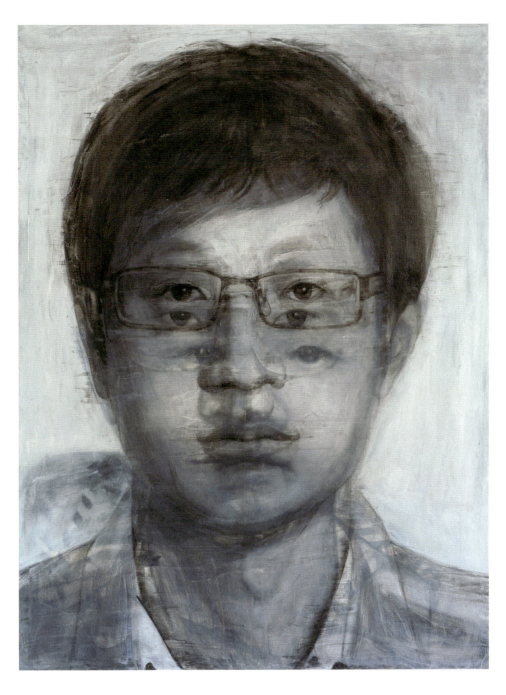

成长
160 cm × 125 cm
布画油彩
2010年

绝代佳人系列 —— 费雯丽

180 cm × 180 cm

布画油彩、丙烯

2014 年

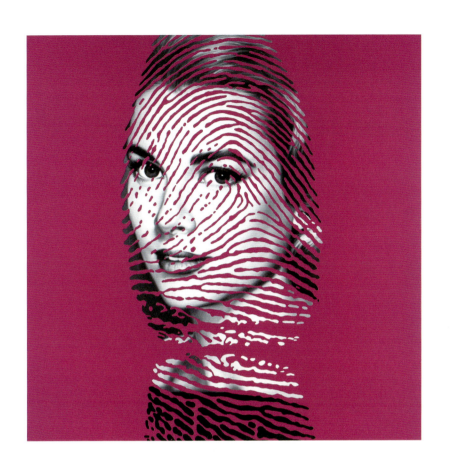

绝代佳人系列 —— 格丽斯·凯利
180 cm × 180 cm
布画油彩、丙烯
2014 年

一指云山系列 ——Pop 系列 #1
100 cm × 100 cm × 9
布画油彩、丙烯
2007 年

一指云山系列 ——Pop 系列 #1（局部）

张谢雄

1977年生于福建宁德。

现就职于中国艺术研究院文学艺术院。

2018年，文化和旅游部"美丽塞罕坝"主题创作特邀画家。

留俄美术家校友会理事，俄罗斯美术家协会会员，欧美同学会会员。

2010年毕业于列宾美术学院油画系，获硕士学位。

曾在上海吴昌硕纪念馆、佛罗伦萨但丁美术馆举办个人油画作品展。

2016年，参加"当代俄罗斯列宾美术学院师生优秀素描作品展"。

2018年，参加"中国国家博物馆'美丽塞罕坝'全国油画名家作品展"。

2019年，参加"中国油画院美术馆中俄建交70周年油画作品展"等展览。

初春
50cm × 60cm
布面油画
2018年

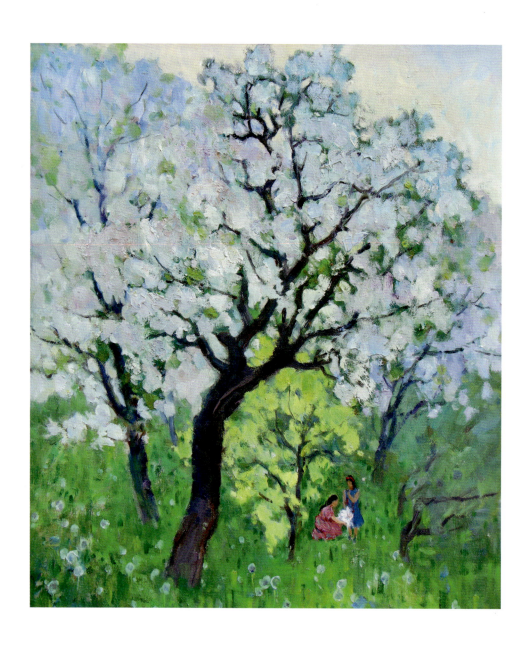

梨园春色
70 cm × 60 cm
布面油画
2019年

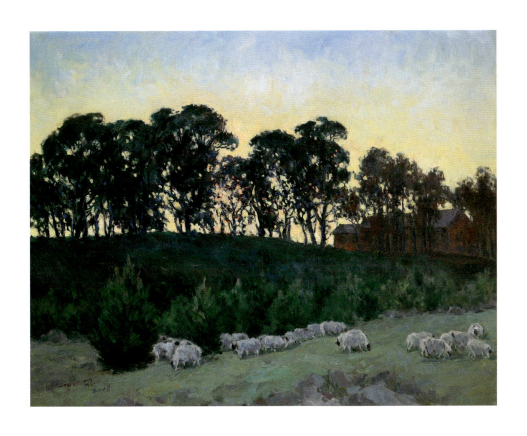

傍晚的塞罕坝
80 cm × 100 cm
布面油画
2018年

千岛湖岸
60 cm × 80 cm
布面油画
2019年

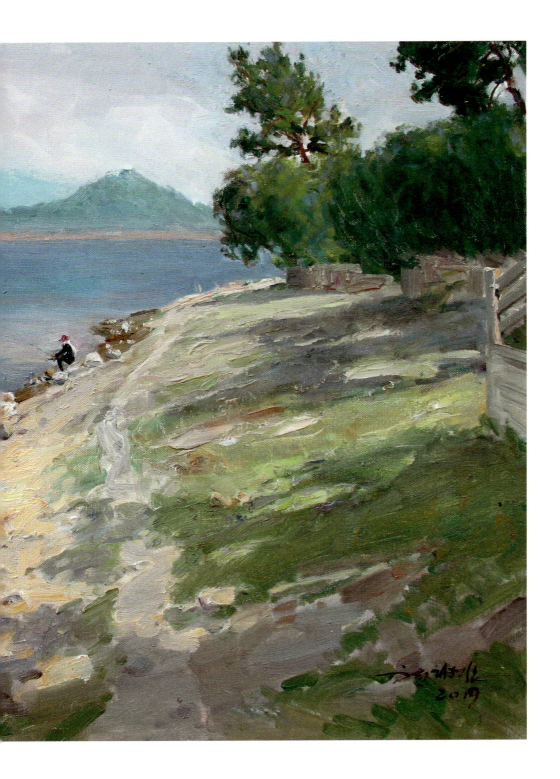

孟丽

毕业于俄罗斯列宾美术学院油画系，获硕士学位。

现为中国艺术研究院文学艺术院专职画家，

俄罗斯美术家协会会员，美国肖像协会会员。

作品《新娘》获学院最高创作奖并被俄罗斯艺术科学院收藏。

《提子与山竹》获美国肖像协会国际组优胜奖。

入选中国中青年美术家海外研修工程。

出版有《积贤为道：孟丽撷英集》等。

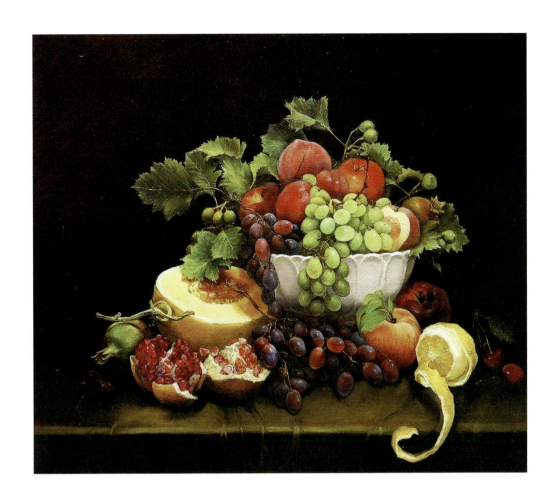

丰收的季节
58 cm × 68 cm
布面油画
2016年

戴红帽子的女模特
100 cm × 70 cm
布面油画
2015年

穿白衬衣的女模特
100 cm × 60 cm
布面油画
2015年

岭脚村
60 cm × 50 cm（原作尺寸）
布面油画
2019年

皋翱

1986年生于上海。
2010年毕业于中央美术学院油画系第四工作室。
2014年毕业于中央美术学院油画系第四工作室，获硕士学位。
现为中国艺术研究院文学艺术院专职油画家。

路光
60 cm × 80 cm
布面油画
2017 年

生命场
210 cm × 330 cm
布面油画
2017年

虎皮兰
128 cm × 60 cm
布面油画
2019年

剧场　200cm×300cm　布面油画　2017年

李思璇

1988年生于辽宁大连。

2016年毕业于中央美术学院油画系，获硕士学位。

现为中国艺术研究院文学艺术院专职油画家。

2019年，作品入选"一路守望　对话未来 —— 纪念中俄建交70周年油画作品展"

"美美与共·面向未来 —— 纪念中俄建交70周年油画艺术作品交流展"

"艺彩中俄风景作品展"。

2018年，作品入选"深入生活，走进中国最美的乡村 —— 婺源采风写生汇报展"。

2017年，作品入选"诗性中国：当代女性艺术中的诗性叙事展"。

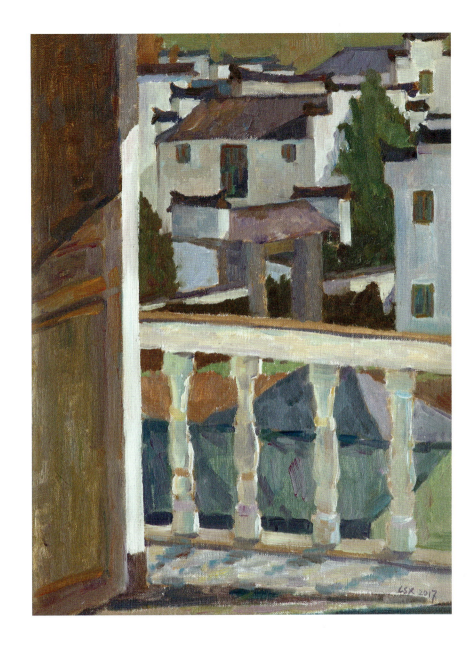

冬日暖阳
40 cm × 30 cm
布面油画
2017年

母与子
80 cm × 60 cm
布面油画
2019年

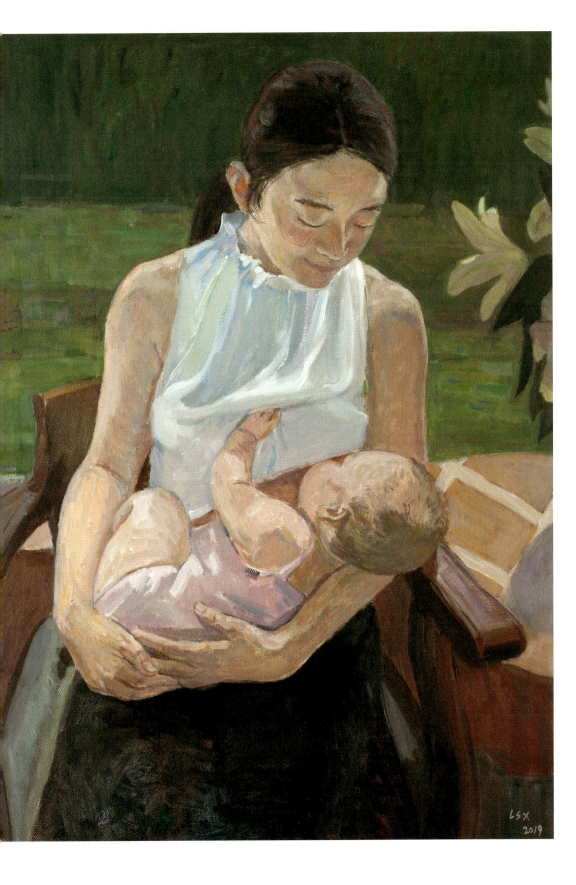

LSX
2019

夏末的绿百合
80 cm × 60 cm
布面油画
2019年

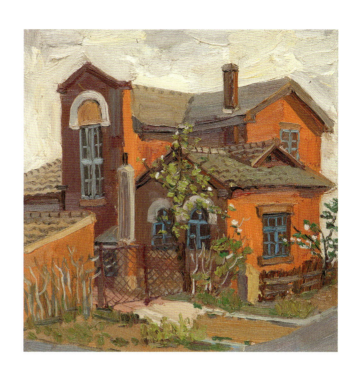

戚鑫宇

1988 年生。

2014 年任职于中国艺术研究院，

现为中国艺术研究院文学艺术院专职画家、

美术创作中心办公室主任，国家三级美术师。

作品入选"中国油画名家笔下的遵义油画作品展"

"一路守望　对话未来 —— 纪念中俄建交 70 周年油画作品展"

"扎根人民　描绘古风 —— 中国艺术研究院艺术家写生采风展"

"墨彩华章 —— 庆祝改革开放四十周年暨当代中国艺术名家展"等展览。

远眺
35 cm × 35 cm
布面油画
2018年

迎着风
80 cm × 60 cm
布面油画
2019年

182

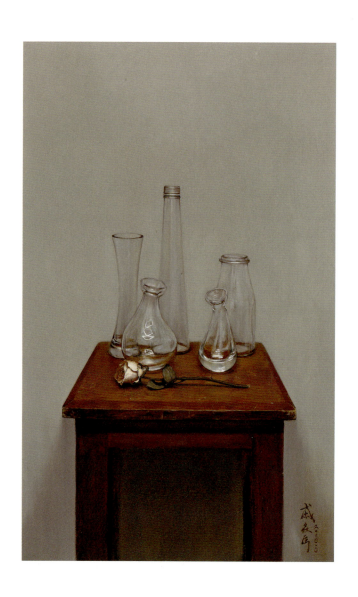

纪念
80 cm × 50 cm
布面油画
2016年

待
40 cm × 30 cm
布面油画
2016年

抱朴为器 器以载道

中国艺术研究院文学艺术院陶艺创作中心成立于2003年，成员有朱乐耕、高振宇、徐徐、姜波、李芳，除此之外，还先后聘请了多位在国际、国内有影响力的知名陶艺家作为该中心的客座研究员。

长期以来，该中心的陶艺创作一直活跃在中国当代陶艺界前沿，并以此为平台于2004年在中国美术馆发起并承办"首届东亚当代陶艺展"及学术研讨会，作为协办单位参加了2006年在韩国弘益大学举办的"第二届东亚当代陶艺展"，以及在日本东京艺术大学举办的"第三届东亚当代陶艺展"；连续多年策划一年一度的景德镇国际瓷博览会，并与当地政府共同举办"当代国际陶艺展"及学术研讨会；多次受佛山市政府邀请，作为主办单位为其策划"当代陶艺展"，组织中日韩大学生柴烧工作营及国际陶艺学术研讨会等活动；2015年在中国美术馆举办"文明的融合与互动 —— 东西方陶艺对话展"及学术研讨会；2017年与景德镇政府合作，共同举办了"一座与世界对话的城市 ——'景漂'国际陶艺展"等。以上这些展览都是由中国艺术研究院担任主办单位，由文学艺术院担任承办单位，由陶艺中心负责具体的策划和组织工作。这些国际性当代陶艺展览的举办，扩大了中国艺术研究院在国内外当代陶艺界中的影响力，同时也推动了当代国际陶艺事业的发展。除参与策划和举办各种国际性的当代陶艺展之外，该中心在国家的重大外交、外事活动中也做出了很大的贡献。如2017年在国家"一带一路"峰会中，2018年李克强总理访问日本期间，2019年习近平主席访问吉尔吉斯斯坦期间，以及习近平主席访问希腊期间所举办的艺术展览中，朱乐耕、高振宇、姜波的作品先后入选，并引起关注。另外，该中心陶艺家的作品多次入选国内外不同的当代陶艺展，并被众多艺术机构所收藏。不仅如此，该中心的陶艺家还在我院研究生院担任陶艺教育方面的导师，培养了许多博士研究生和硕士研究生。长期以来，这些工作得到了中国艺术研究院领导的大力支持，同时也为中国艺术研究院争得了荣誉。

艺术的路很长，我们将继续努力，不断进取，继续为推动中国乃至世界的当代陶艺发展贡献力量！

朱乐耕

中国艺术研究院文学艺术院院长，教授、博士研究生导师。

中国工艺美术学会原副理事长，中国陶瓷艺术大师，

第十一、十二、十三届全国政协委员，享受国务院政府特殊津贴专家。

多次参加国内外当代陶艺展，先后有40余件作品获奖。

2012年获文化部"物质文化遗产薪传奖"。

2013年获中国艺术研究院"中华艺文奖"。

曾在中国、新加坡、韩国、美国、法国、德国等国家举办个人陶艺展。

征
55 cm × 68 cm × 82 cm
陶瓷雕塑
2016年

生命之绽放（韩国济州岛肯辛顿酒店）

950 cm × 2900 cm

陶艺装置壁画

2014年

生命之情境 —— 廊桥系列
380 cm × 380 cm × 285 cm
陶艺环境装置
2018年

天水之镜像（韩国济州岛肯辛顿酒店）

450 cm × 1600 cm

陶艺装置壁画

2014年

高振宇

1982年师从紫砂工艺大师顾景舟。

1989年毕业于南京艺术学院工艺美术系陶瓷专业。

1993年毕业于日本武藏野美术大学，获硕士学位。

1994年进入中国艺术研究院工作，

现为中国艺术研究院研究员。

泥洹系列之花器大瓶
45 cm × 45 cm × 57 cm
紫砂混合泥
2017年

泥洹系列之球型花器
35 cm × 35 cm × 35 cm
紫砂混合泥
2017年

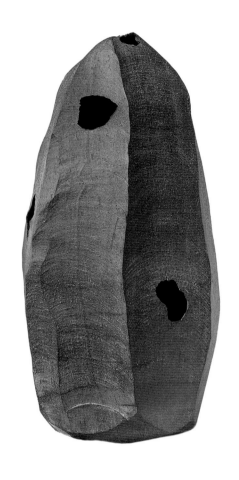

石核系列
28 cm × 28 cm × 75 cm
紫砂混合泥
2017年

石核系列
33 cm × 33 cm × 53 cm
紫砂混合泥
2017年

石核系列
39 cm × 39 cm × 62 cm
紫砂混合泥
2017年

姜波

1961年生。

1984年毕业于景德镇陶瓷大学雕塑专业，获学士学位。

2008年毕业于俄罗斯国立列宾美术学院雕塑系，获硕士学位。

现为中国艺术研究院教授、硕士研究生导师、博士学位评定委员会委员。

作品多次获奖，并在中国美术馆、上海奥赛画廊等举办个人作品展。

出版有《中国当代陶艺名家 —— 姜波作品集》等。

中国产业大系 No.60
44 cm × 45 cm × 85 cm
陶瓷
2001年

安检 —— 中国当代婴戏系列 —— 匆匆
60 cm × 40 cm × 130 cm
陶瓷
2017年

中国产业大系 No.66
30 cm × 45 cm × 110 cm
陶瓷
2001年

落叶知秋 —— 中国民国旧事系列 —— 醒
35 cm × 55 cm × 120 cm
陶瓷
2012年

融境 —— 中国古典人物系列
No.65
30 cm × 40 cm × 75 cm
陶瓷
2016年

李芳

2011年毕业于景德镇陶瓷学院，获硕士学位。
2016年毕业于中国艺术研究院研究生院，获博士学位。
现就职于中国艺术研究院。
中国工艺美术协会会员，中国设计师协会会员。

梵天叠梦
45cm × 35cm × 65cm
陶瓷
2017年

染指浮生
45 cm × 35 cm × 60 cm
陶瓷
2017 年

结

45 cm × 35 cm × 35 cm

陶瓷

2017 年

凌尘嚣享
45 cm × 55 cm × 35 cm
陶瓷
2018年

聚像一团火 散似满天星

你、我、他，深耕艺苑，共同坚守初心。

Do、Re、Mi，吹、拉、弹、唱，编、作、理、指，携手弘扬中华文化。

我们这些人志存高远、胸怀理想，以坚定信念和执着精神，跋涉在风光无限的艺术之路；我们这些人保持艺术之纯粹，追求真善美，脚踏实地为文艺事业的繁荣发展奉献点点滴滴。

如同音乐特有的气质，我们注重强而不躁、弱而不虚、文而不温、张弛有度。

继中国艺术研究院文学艺术院国画、油画、陶艺之后的表演艺术，我们试图将静态的文韵融入灵动之音律，将单一形态转为整体合一，做一次全新尝试，愿我们的跨界融合彰显舞台魅力，展现表演风采。

本次参展的9位艺术家，涵盖音乐、戏曲、戏剧、影视四大门类，所涉专业包括琵琶、二胡、笛子、民歌、昆曲、编剧、编导、表演、作曲、指挥，集个人风采、艺术创作、学术成果、教学研究、艺苑国风于一体。

舞台艺术具有自身规律。一次次创作，一场场演绎，一件件作品，一步步提升，表达者以各自的人生体验、舞台实践，诠释文本所赋予的美学意蕴。其解读方式、技术能力和审美观照，决定作品的深度、广度和高度。

舞台艺术具有综合性。演奏、演唱、表演，剧本、舞美、服饰，导演、作曲、指挥相得益彰。艺术创作离不开原创者的智慧，而演绎者的二度创作同样不可或缺。唯此，方可实现精深的文化内涵、精湛的技术技艺、精彩的表演才情高度统一。

舞台艺术表演，文学性、表演性并重，是艺术家通过自身技艺、修养，表达艺术品格、审美理念。艺术表达的核心在于准确地把握"技"与"道"的关系。匠人重技，艺者悟道，"道可道，非常道"，文以载道，文道合一。

我们坚信：只要坚持在学习中继承，在继承中创新，在创新中发展，定能向着艺术的高峰不断迈进。

李祥章

1951年生于山东高密。

1964年考入山东省高密剧团。

20世纪60年代中期特招入伍，在东海舰队航空兵文工团担任独奏演奏员、乐队队长。

70年代初先后在上海音乐学院、上海歌剧院、上海交响乐团等单位进修深造，

后调入海军政治部歌舞团，先后任演奏员、首席及独奏演员、乐队队长。

2001年调入中国艺术研究院音乐创作中心。

著名二胡、高胡演奏家，作曲家，国家一级演奏员，

享受国务院政府特殊津贴专家。

中国音乐家协会会员，中国民族管弦乐协会会员，

中国音乐家协会二胡学会副会长、名誉会长。

2001年，李祥章与上海交响乐团合作演出交响乐二胡协奏曲《母亲》

李祥章在演出中

李祥章在演出中

李祥章与海军交响乐队一起演出

吴玉霞

国家一级演奏员，中国艺术研究院创作委员会委员、博士研究生导师，

中宣部文化名家暨"四个一批"人才。

中国民族管弦乐学会副会长、琵琶专业委员会会长，

中国音乐家协会理事、社会音乐委员会副主任。

长期从事琵琶演奏艺术及教学研究，

出版有《我的琵琶行》《指尖上的舞蹈 —— 琵琶技术技巧练习三十八首》

《我的舞台 —— 一个演奏者的触点与立点》等专著及论文。

录制有《律动》《玉鸣东方》《千秋颂》等独奏专辑数十张。

创作《律动》《风戏柳》等琵琶曲。首演《春秋》《古道随想》《妙音天舞》等作品。

曾获 1980 年首届全国琵琶比赛二等奖，

2010—2012 年三度获文化部优秀剧目展演个人优秀表演奖。

2018 年获"新绛杯"杰出民乐演奏家称号。

第十至十二届全国政协委员，全国三八红旗手。

曾任中央民族乐团副团长，首席琵琶演奏家。

20 世纪 80 年代以来曾在国内外重大艺术活动中担任独奏，成功举办个人独奏音乐会数百场。

2015年4月，吴玉霞与中国爱乐乐团、意大利米兰威尔第交响乐团音乐总监、荷兰国家演奏学院音乐总监张弦女士分别在北京中山公园音乐堂、上海交响乐团音乐厅合作琵琶协奏曲《霸王卸甲》。图为二人在中国爱乐乐团排练

2010年8月28日，吴玉霞在"玉鸣东方 —— 吴玉霞琵琶独奏音乐会"上演奏琵琶

"玉鸣东方 —— 吴玉霞琵琶独奏音乐会"于2010年8月28日在中国国家大剧院音乐厅隆重举行，音乐会由中央民族乐团协奏，许知俊指挥。这是中宣部"四个一批"人才支持项目。这场音乐会除了现场呈现，还推出了《我的琵琶行》《指尖上的舞蹈 —— 琵琶技术技巧练习三十八首》《珠落玉盘》DVD 及《玉鸣东方》CD 等文集、专著、独奏专辑和名曲赏析共5项成果

2013年8月，吴玉霞在中央民族乐团首部民族乐剧《印象国乐》中担任系列仿唐乐器和藏经洞千年古谱演奏。图为仿唐五弦琵琶演奏《敦煌古乐》，乐器由上海民族乐器一厂研制

2018年1月，吴玉霞与著名表演艺术家濮存昕在保利剧院"听见美 —— 濮哥读美文"诗歌朗诵音乐会上合作演出白居易长篇叙事诗《琵琶行》

2019年8月3日，吴玉霞（左二）携中国艺术研究院研究生院2017级、2018级硕士博士研究生
在中山公园音乐堂"打开艺术之门"暑期系列音乐会"弦歌雅韵 —— 吴玉霞琵琶名曲赏析音乐会"
上演奏琵琶重奏《三六》

张雷

文学博士、研究员、视觉音乐导演、竹笛演奏家。

毕业于日本大阪大学，师从国际著名音乐学教授山口修、日本著名电影导演新藤兼人。

中国艺术研究院文学艺术院研究员、职业演奏家、数字艺术创作研究中心主任。

CCTV 娱乐传媒视觉艺术总监、独立制作人。

加拿大数梦研发机构艺术总监，日本电影家协会会员，

美国休斯敦科学艺术应用研究院中国区首席代表。

著有《论电影音乐的功能》《电影导演与作曲家思维的吻合》

及电影剧本《老人与三姊妹》。

音乐专辑《悠远时空》《疗伤的旋律》《即兴作品专辑》《竹笛美技》均在日本出版。

导演视觉音乐片《舒伯特的阿维玛利亚》等10首作品。

视觉音乐跨界音乐会《竹笛的爵士》10年间在日本巡演数百场。

获得国家6项数字艺术知识产权认证。

2007年，张雷在央视音乐频道《风华国乐》讲座现场

央视音乐与国际频道制作的音乐片《大古钟》，改编自英国民谣

数字藝術創作研究中心

张雷"数字艺术创作研究中心"于2008年成立

2011年光州国际音乐节，张雷
与日本钢琴家长田由美女士共
同演奏萨拉萨蒂的作品《查尔
达什》

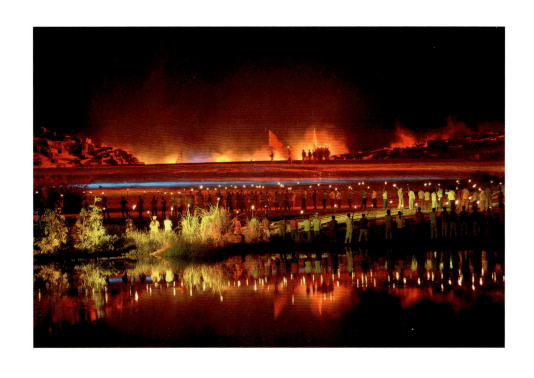

2008年10月，张雷担任江西井冈山大型实景演出《井冈山》执行总导演

刘
静

研究员、硕士研究生导师。

毕业于中国戏曲学院，获学士学位。

2002年毕业于北京大学，获文学硕士学位。

中国戏剧"梅花奖"及意大利"罗马之泉"奖获得者。

从事戏曲创作与表演研究。

昆曲表演代表作有《百花赠剑》《刺虎》等。

曾受邀赴欧美等国演出、举办讲座。

撰写和主编《幽兰飘香》等多部著作。

发表学术论文20余篇，培养了10多位研究生。

2017年，刘静在昆曲《百花赠剑》中饰演百花公主

2016年，刘静在北方昆曲特色剧目《刺虎》
中饰演费贞娥

239

2017年，刘静应邀在德国马丁路德大学演讲，介绍中国的昆曲艺术

2017年，作为"春雨工程"全国文化志愿者赴西藏，在边疆行"大讲堂"中为藏族文宣工作者举办"戏曲表演"讲座

2017年，刘静在"跨越时空的交响 —— 中英文学对话"活动中演出昆曲名剧《游园·惊梦》，饰演杜丽娘

吴玲俐

又名吴林励。博士。2009 年，毕业于中国音乐学院、首都师范大学音乐学院。

2016—2018 年，美国北卡罗来纳大学教堂山分校访问学者。

现就职于中国艺术研究院文学艺术院。

曾为中国歌剧舞剧院常任指挥，客席中央民族乐团、

深圳爱乐管弦乐团、宁夏歌剧舞剧院管弦乐团等。

演出作品有《深圳大剧院爱乐乐团新年音乐会》

《春到天山　心系边疆 —— 中央民族乐团赴新疆慰问巡演》等。

出版有《中国电子音乐创作研究：从五部作品论现代性与民族性的融合》。

在中文核心刊物、省级刊物上共发表论文 9 篇。

2019年，吴玲俐在深圳大剧院爱乐乐团《为爱而声》指挥

2010年，吴玲俐与中央民族乐团合作，在中国国家大剧院举办的
纪念民族音乐家"刘天华、华彦钧（阿炳）"作品音乐会上任指挥

2010 年，吴玲俐在中国国家大剧院刘天华专场任指挥

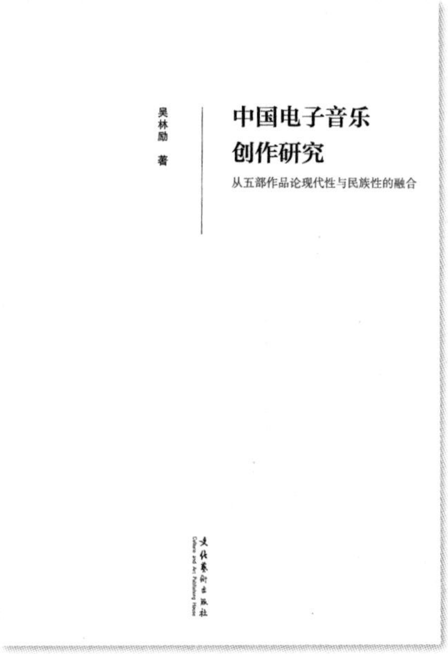

吴林励 著

中国电子音乐
创作研究

从五部作品论现代性与民族性的融合

文化艺术出版社

《中国电子音乐创作研究
从五部作品论现代性与民族性的融合》
专著
文化艺术出版社
2012年

吉颖颖

1979年生于河南信阳。

2002年毕业于中国音乐学院民族声乐表演专业，获学士学位。

2007年毕业于中国音乐学院民族声乐表演专业，获硕士学位。

中国音乐学院中国古诗词歌曲研究中心理事。

曾获文化部"魅力新星"全国声乐总决赛金奖，中国情歌广播电视大奖赛北京赛区一等奖。

在《中国音乐学》《民族音乐》等刊物发表论文10余篇。

吉颖颖演出照

2019年1月31日，吉颖颖与美国洛杉矶南加州先锋大学合唱团进行艺术交流。合唱团演唱了赞美诗，结合中国古典音乐，歌声穿越了时空，带来心灵的洗礼

2019年4月，吉颖颖在古诗词歌曲音乐会上演唱宋代蒋捷的作品《一剪梅》

演出节目单

吉颖颖发表论文的期刊封面

赵雪莲

1980 年生于山东烟台。

先后就读于山东大学外语系英语专业、中央戏剧学院表演专业、北京传媒大学、北京大学时尚管理高级研修班、中国艺术研究院研究生院。

《汉武大帝》获第二十五届"飞天奖"优秀长篇电视剧奖。

《无国界行动》获第十届精神文明建设"五个一工程"优秀作品奖。

创作的电影剧本《面具》获国家广电总局"扶持青年优秀电影剧作计划"优秀剧本奖。

策划的电影《放大招》获2019丝绸之路国际电影节创投会中国文联电影艺术中心特别推荐单元荣誉证书，并在第28届中国金鸡百花电影节青年导演训练营项目全国征集路演中，获优秀项目奖。

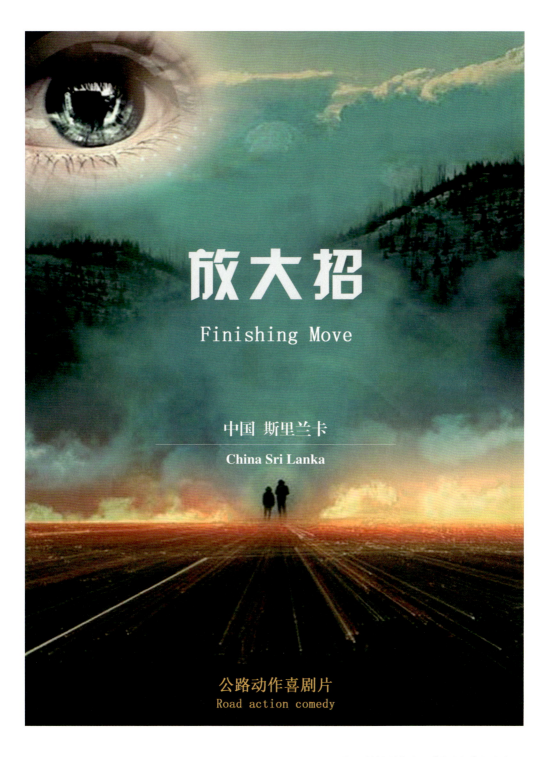

放大招

Finishing Move

中国 斯里兰卡

China Sri Lanka

公路动作喜剧片
Road action comedy

赵雪莲策划的电影《放大招》概念海报

《黑玫瑰》剧照，赵雪莲饰演白如意

《原罪》剧照，赵雪莲饰演女警肖玉洁

《无国界行动》剧照，赵雪莲饰演叶子

《正义的重量》剧照，赵雪莲饰演丁秀娟

程
明

1981年生。

2012年毕业于中国戏曲学院，获硕士学位。

现为中国艺术研究院文学艺术院专职作曲。

代表性作品有舞剧《红草鞋》，实景演出《新中国从这里走来》《滹沱河畔》，

杂技剧《梦回中山国》，泗州戏《信仰》及第七届世界军人运动会开幕式《和平之师》等。

2019年，第七届世界军人运动会开幕式

2018年，舞剧《红草鞋》剧照

2016年，戏曲《贺老太》剧照

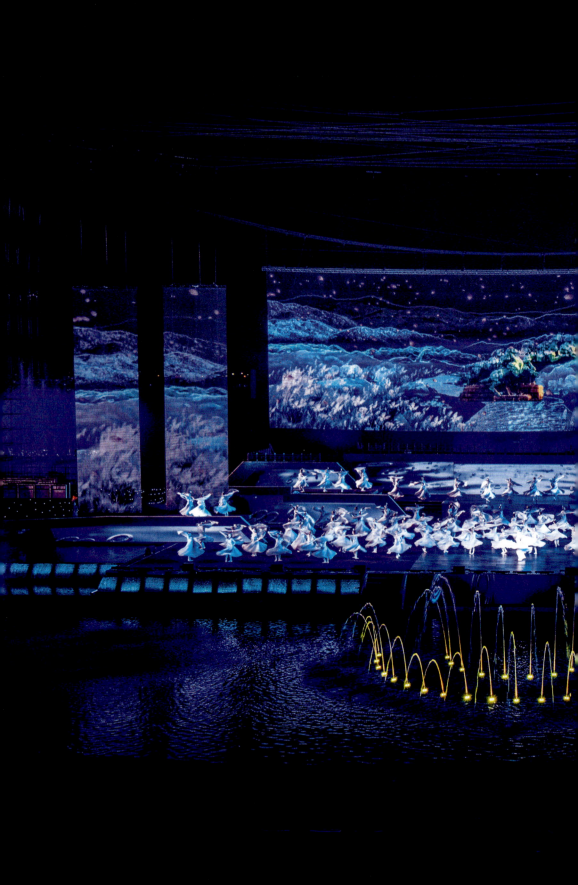

2019年，实景演出《滹沱河畔》

屈轶

中国艺术研究院舞台编导、作曲。

屈轶导演工作室创办人、艺术总监、总导演。

原创表演体系 ——"心动力"肢体表演体系创始人。

毕业于英国布里斯托尔大学音乐学院影视音乐作曲、

影视制作专业，获硕士学位。

代表性作品有诗乐舞集《亚洲铜》、音画诗剧《面朝大海》、

肢体剧《拈花》、同名文学音画诗剧《面朝大海》等。

作品多次在全国巡演并获奖。

2019年，中国首演《拈花》剧照

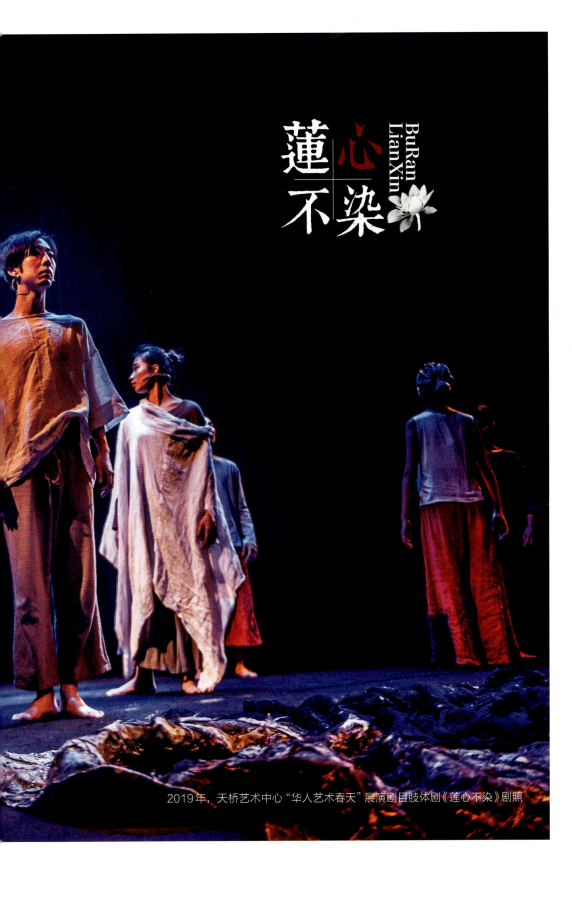

蓮心不染　BuRan LianXin

2019年，天桥艺术中心"华人艺术春天"展演剧目肢体剧《莲心不染》剧照

2011年，意大利中国文化交流年展演剧目诗乐舞集《亚洲铜》剧照

2016年，音画诗剧《面朝大海》剧照

2017年，肢体剧《拈花》剧照（法国）

刘蕾

1984年生于黑龙江哈尔滨，自幼随父学习二胡。

1996年考入中央音乐学院附小二胡演奏专业，

师从著名二胡演奏家、教育家田再励教授。

2003年以优异的成绩由附中保送升入中央音乐学院民乐系。

2007年保送攻读中央音乐学院硕士学位，2010年获文学硕士学位。

现为中国艺术研究院文学艺术院二级演奏员。

曾举办个人二胡独奏、协奏音乐会，多次参加各类音乐节、

国内外文化交流活动、大型主题活动的文艺演出。

首演了大量国内外室内乐作品，录制出版《舞琴海》个人专辑、

《中国民族弓弦类乐器简介》远程教育课程、

《未来幻像》室内乐作品集、《艺苑国风》室内乐专辑。

2017年，刘蕾在台湾高苑科技大学"艺苑国风"
专场音乐会上演出

2018年，刘蕾在泰国曼谷中国文化中心"国之瑰宝 ——《清音雅乐》
专场民族音乐会"上演出

2019年，刘蕾在"勇攀艺术高峰 —— 中国艺术研究院
文学艺术创作研究院汇报展"开幕式上表演二胡独奏

2010年，刘蕾在中央音乐学院王府音乐厅首演二胡协奏曲《舞琴海》

2010年，刘蕾在中央音乐学院王府音乐厅演奏广东音乐《雨打芭蕉》

设计

美好的愿景

不可否认我们正处在一个科学飞速发展、学科相互融合的大时代。技术的迭代正在改变着我们的生活方式，也改变着我们对于世界的认知。在21世纪最近的10年中，以装置、影像、动画、互联网、虚拟现实、声音及人工智能等作为不断更新的新媒介受到艺术家和设计师的广泛关注，新的创作方法及新媒介的使用拓展了艺术设计语言的边界，模糊的边界意味着更大的可能。

那么什么是新时代的新艺术之"新"？中国最早的哲学著作《易传·系辞》中说："富有之谓大业，日新之谓盛德，生生之谓易。"我们认为，这个"新"强调的不是转瞬即逝的流变过程，而是指向未来的美好愿景。同时，人类的每一次创新都是通过回到源头的方式走向未知的，文化的自信与复兴更是如此。因此，我们希望处于艺术与科学交汇处的艺术设计也能够在这个美好的时代通过研究与实践提出新问题，做出新贡献。此次展览旨在呈现一个科技时代下艺术家与设计师的对话关系。在这里，艺术设计与科学技术最前沿的探索是我们共同关注的焦点，由此引发相关领域的学者、专家的交流与对话，并向传统致敬！

梁远

1957年生于北京。

1984年毕业于中央工艺美术学院。

现就职于中国艺术研究院，主要从事漆艺创作与研究，教授。

中国工艺美术学会漆艺专业委员会副会长，

中国工艺美术学会理事，北京市工艺美术学会常务理事。

作品曾参加第六届、第七届、第九届、第十届

全国美术展览及各种专业性展览，并多次获奖。

在报刊发表多篇论文及作品。

红裤子
60.5 cm × 50 cm
木板、大漆
2017年

裂变
43 cm × 43 cm × 12 cm
大漆、麻布
2002 年

盛器
50.5 cm × 50.5 cm × 47.5 cm
大漆、麻布
2012 年

盛器 —— 鸟
60 cm × 23.5 cm × 24 cm
大漆、麻布、纸
2018 年

盛器 —— 纸船
56 cm × 18 cm × 23 cm
大漆、麻布、纸
2018 年

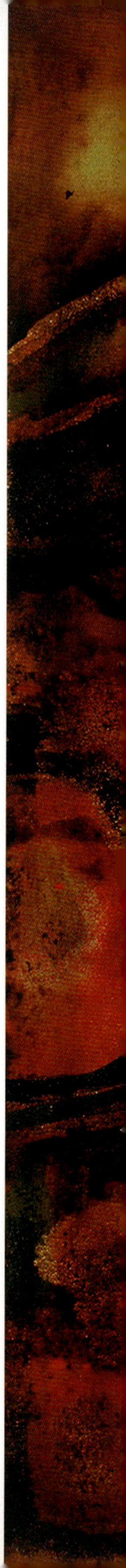

对话
46 cm × 37 cm（原作尺寸）
木板、大漆
2002年

陈平

2001年毕业于清华大学美术学院绘画系，获硕士学位。
2012年进修于中央美术学院版画系。
现就职于中国艺术研究院文学艺术院，国家二级美术师。
多次参加国内外美展，举办个人画展，出版作品集。
作品被中国美术馆等机构收藏。

眯眯
45 cm × 35 cm
艺术微喷
2020 年

Hi
28cm × 49cm
纸本设色
2019年

心心相印
36 cm × 54 cm
纸本设色
2019年

暖
60 cm × 60 cm
艺术微喷
2019年

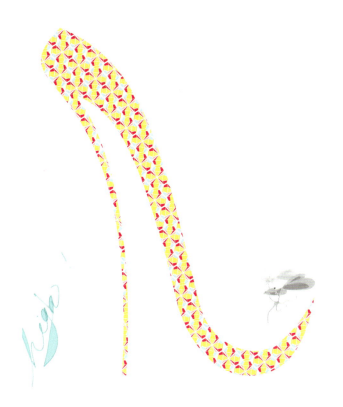

high!
60 cm × 50 cm
艺术微喷
2020 年

彦风

毕业于清华大学美术学院绘画系，获学士学位。
毕业于英国伯明翰艺术与设计学院综合绘画专业、
美国旧金山艺术大学，获双硕士学位。
现为中国艺术研究院研究生院副教授、硕士研究生导师。
作品涉及数字媒体艺术、交互设计、信息可视化应用、
数字出版、互动空间应用、虚拟现实等多重领域。

千金散
（彦风＋吴帆）
尺寸可变
混合媒介
2013年

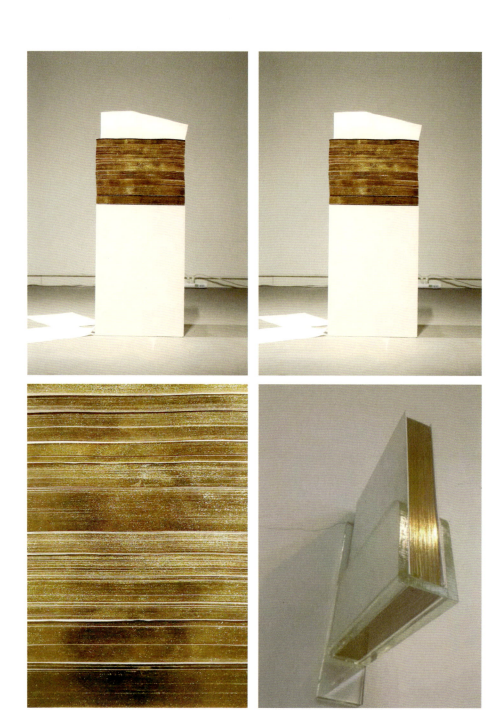

千金散 （彦风＋吴帆） 尺寸可变 混合媒介 2013年

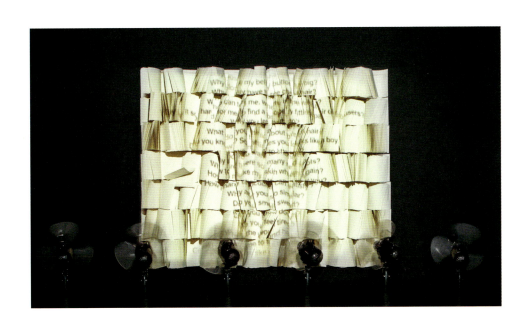

自言自语
（彦风＋吴帆）
尺寸可变
装置、影像
2013年

月光
（彦风 + 吴帆）
60 cm × 90 cm
丝网、铜板
2017 年

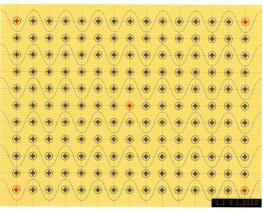

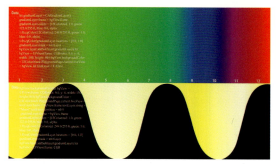

李怡

1990年生于辽宁。

2013年毕业于中央美术学院，获学士学位。

2016年毕业于中央美术学院，获硕士学位。

2016年进入中国艺术研究院工作。

2018年起任职于中国艺术研究院文学艺术院，主要从事首饰设计及创作。

作品多次参展并获奖。

旋木
12 cm × 3 cm × 10 cm
德国榉木、黄杨木、尤加利种子、竹子
2019年

紫藤种子戒指
8 cm × 3 cm × 5 cm
银
2013年

紫藤种子项圈
20 cm × 18 cm × 3 cm
银
2013年

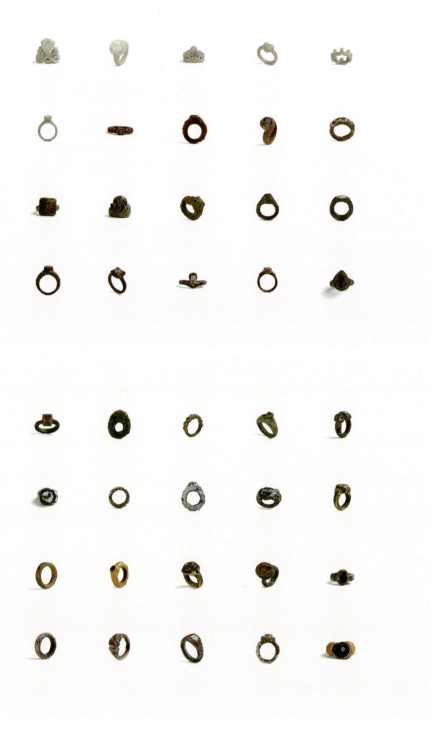

钻石戒指
3 cm × 2 cm × 3 cm
纸、棉、皮、丝、木、铜、柳、银、金
2016年

钻石戒指
尺寸不一
综合材料
2016年

舞台美术

多元内涵 多重魅力

舞台美术是戏剧和其他舞台演出的一个重要组成部分，包括布景、灯光、化妆、服装、效果、道具等，它们的综合设计称为"舞台设计"，其任务是根据剧本的内容和演出要求，在统一的艺术构思中运用多种造型艺术手段，创造出剧中环境和角色的外部形象，渲染舞台气氛。随着时代的发展，舞台美术也在不断丰富着新的艺术内涵。

舞台美术展览专题选取大型人偶音乐剧《八层半》、音舞诗画《琴乐书法》等舞台美术设计，聊城水城明珠大剧场、延安红太阳大剧院等文化设施建筑设计，国庆70周年群众游行台湾及新疆彩车设计，2018西安大雁塔"创领新时代"光影秀舞美设计，以及第16届广州亚运会、第26届世界大学生夏季运动会等开闭幕式舞台设计，在多种表达方式中，展示时下舞台美术在不同舞台的运用，传达舞台美术的多元内涵，邀您共赏舞台美术的多重魅力。

穆怀恂

1956年生于北京，回族。
中国艺术研究院研究员，国家一级舞美设计师，
原建筑艺术研究所副所长、原艺术创作研究中心副主任。
中国艺术节第七届至第十届评委，
全国少数民族文艺会演第四届、第五届评委，
国家文化科技提升计划项目评审委员，
文化和旅游部舞台技术专业高级职称评审委员，
中国演艺技术协会剧场专业委员会顾问，
国家科技核心期刊《照明工程学报》编审。

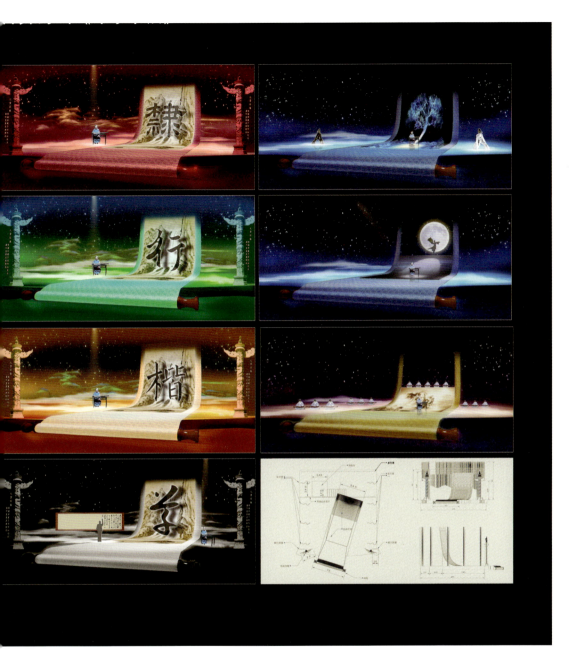

琴乐书法
舞台美术设计
2016年

八层半
舞台美术设计
2010年

聊城水城明珠大剧场
文化设施建设
2005年

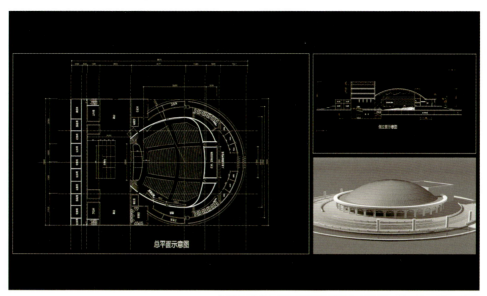

延安红太阳大剧院
文化设施建设
2012年

姜浩扬

国家一级舞美设计师、大型活动导演，

参与创意制作、导演多项国家大型活动。

如2008年北京奥运会开闭幕式、2009年首都国庆60周年游行彩车制作、

2010年广州亚运会开闭幕式、

2014年汗血马协会特别大会暨中国马术节闭幕式、

2019年中华人民共和国成立70周年游行彩车创意制作等。

国家"一带一路"文化专家，国际和平与可持续发展联盟中国事务总署首席专家顾问。

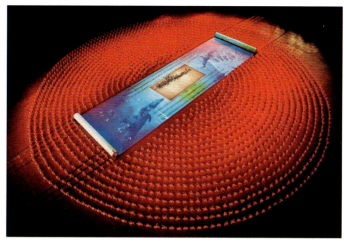

2008年，北京奥运会开幕式
舞台美术设计

2010年，第十六届广州亚运会闭幕式

国庆 70 周年游行彩车 —— 美丽新疆
1500 cm × 600 cm × 780 cm
苯板雕刻、LED 异形屏、钢结构
2019 年

国庆 70 周年游行彩车 —— 宝岛台湾
1500 cm × 591 cm × 995 cm
苯板雕刻、LED 异形屏、钢结构
2019 年

2011年，第26届世界大学生夏季运动会开幕式

国庆60周年群众游行彩车 —— 北京奥运
2500 cm × 700 cm × 1200 m
苯板雕刻、LED 方形屏、钢结构
2009年

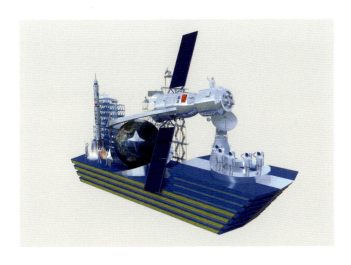

国庆60周年群众游行彩车 —— 神舟飞天
2500 cm × 700 cm × 1500 cm
苯板雕刻、LED 异形屏、钢结构
2009年

摄影

复活中国历史的真实记忆

16岁那年，我有了人生中的第一部照相机。当我在夜间遮住门窗用简单的设备亲手洗印出第一张照片的时候，觉得很是神奇和激动，朦胧中开始了摄影生涯。两年间，我用那部极为简单的相机拍摄了数百张照片，清晰地记录了当时的百姓生活状态，留住了少年时期对社会的许多记忆。转眼间40年过去了，那台简易相机依然陈列在我的书架上，成为自己摄影生涯中最好的纪念。

20世纪80年代初期，中国的政治、经济、文化迎来了前所未有的变化，摄影艺术思潮也随着改革开放迅速掀起。进入80年代中期，摄影热潮更加高涨，我的摄影也由单张作品转向成组的系列摄影。1990年大学毕业后，我对摄影有了更深的认识和理解，也让我更加坚定了摄影的方向。这些年我几乎跑遍了中国的东南西北，在城市、农村、高原、海岛，无不留下我的足迹。为了拍摄我还曾多次遭遇不测，险丢性命，至今还能摄影，实属幸事。

回顾40年的摄影历程，我对用影像记录中国社会变迁充满热忱，为了留下更多有意义的照片，几乎从来没有停歇脚步。多少年来，我坚信不疑地认为摄影是最能表达自己思想和抒发情感的一种语言。对于摄影艺术的想象，我总是希望能够随着题材而不断变化；对于摄影技艺的表现形式，更是希望每部作品都能与众不同；对于今后的摄影艺术创作，无论前方等待我的是什么，只要我的相机在，我的灵魂就不会走偏，摄影语言也不会匮乏。

历史在发展，时代在进步。一直以来，我不仅把摄影当成与不同时代和不同群体对话的桥梁，更愿意用生命和时间去呈现、复活中国历史的真实记忆，希望用内心的激情和摄影艺术语言记录自己所处的时代，留住更多的瞬间，真实地表达和呈现自己对当代社会的观点、态度及立场，唤起人们更多的思考，让更多有意义的真实人生通过我的作品走进历史，留存在人类历史的长河中。

黑明

中国艺术研究院文学艺术院一级摄影师，硕士研究生导师。

中国摄影家协会艺术摄影委员会委员。

出版有《走过青春》《记忆青春》《塬上情歌》《公民记忆1949—2009》

《100个人的战争》《100年的新窑子》等20余种摄影集、

随笔、访谈和田野调查等。

曾在中国国家博物馆、中国美术馆、北京故宫博物院，

以及法国、美国、日本等多个国家和地区举办摄影展览。

作品被国内外多家美术馆、博物馆收藏。

先后两次获得中国摄影艺术"金像奖"、中国当代摄影师大奖、

中国十大摄影师奖及"人民摄影家"、

"中国人像摄影十杰"等奖项和荣誉称号，入选"百千万人才工程"。

释永基
选自《少林僧人》
2003年

铁饭碗
选自《黑明与1000人对话》
1985年

高志强一家
选自《100年的新窑子》
1999年

谢翔龙
选自《100个人的战争》
2014年

浪卡子
选自《西藏影像》
2003 年

文学与戏剧

文心灿烂

文学和戏剧是一种力量，是一种希望，是现实和人心的灯盏。

本部分展示了文学艺术院在文学和戏剧方面的创作成果，虽然人数不多，但其中既有蜚声世界的诺贝尔文学奖获得者，也有凝结着一代人青春记忆的"现象级"诗人，还有充满活力和探索精神的年轻创作者。创作的成果涵括小说、诗歌、散文、纪实文学、影视剧、话剧、戏曲、歌剧、舞剧的剧本创作及译著等众多门类。这些作品内容广阔丰富，有的扎根在中国广袤坚实的大地，有的充满瑰伟的想象；有的描摹世间百态，有的深入历史深处；风格气质各具特点，可谓百花盛开。与此同时，创作者们坚持研究与创作的彼此促进，坚持理论与实践的相互激发，在学术层面也有诸多研究成果呈现。

2020 年是一个特殊的年份，在这个非常时期，愿文学和戏剧带给人们更多内心的力量、信心和希望。

汪国真

1982年毕业于暨南大学中文系。

诗集创有新诗以来发行量之最。

《雨的随想》《热爱生命》《我微笑着走向生活》

《我不期望回报》等28首作品被选入语文教材。

连续三次获得全国图书"金钥匙"奖。

书画作品被镌刻在张家界、黄山、五台山、九华山等名胜风景区。

2003年11月，首张音乐（舞曲）专辑《听悟汪国真 —— 幸福的名字叫永远》

由中国音乐家音像出版社出版。

2008年完成了为400首古诗词谱曲的工作。

2009年12月，中国国际广播音像出版社出版《唱着歌儿学古诗 —— 汪国真古诗词歌曲》。

2019年1月至9月，中央电视台《经典咏流传》栏目及《开学第一课》栏目共编排了三期节目，

演播汪国真作词的歌曲《山高路远》，以鼓励人们克服艰难险阻，勇攀高峰。

山高路远

呼喊是爆发的沉默
沉默是无声的召唤
不论激越
还是宁静
我祈求
只要不是平淡

如果远方呼喊我
我就走向远方
如果大山召唤我
我就走向大山
双脚磨破
干脆再让夕阳涂抹小路
双手划烂
索性就让荆棘变成杜鹃
没有比脚更长的路
没有比人更高的山

（创作于1985年6月26日。首次发表于《中
国作家》1987年第2期；首次出版于《年轻
的风》，花城出版社1990年版。）

高洁荷花
248 cm × 129 cm
纸本水墨
2012年

337

我喜欢出发

我喜欢出发。

凡是到达了的地方，都属于昨天。哪怕那山再青，那水再秀，那风再温柔。太深的流连便成了一种羁绊，绊住的不仅有双脚，还有未来。

怎么能不喜欢出发呢？没见过大山的巍峨，真是遗憾；见了大山的巍峨没见过大海的浩瀚，仍然遗憾；见了大海的浩瀚没见过大漠的广袤，依旧遗憾；见了大漠的广袤没见过森林的神秘，还是遗憾。世界上有不绝的风景，我有不老的心情。

我自然知道，大山有坎坷，大海有浪涛，大漠有风沙，森林有猛兽。即便这样，我依然喜欢。

打破生活的平静便是另一番景致，一种属于年轻的景致。真庆幸，我还没有老。即便真老了又怎么样，不是有句话叫老当益壮吗？

于是，我还想从大山那里学习深刻，我还想从大海那里学习勇敢，我还想从大漠那里学习沉着，我还想从森林那里学习机敏。我想学着品味一种缤纷的人生。

人能走多远？这话不是要问两脚而是要问志向；人能攀多高？这事不是要问双手而是要问意志。于是，我想用青春的热血给自己树起一个高远的目标。不仅是为了争取一种光荣，更是为了追求一种境界。目标实现了，便是光荣；目标实现不了，人生也会因这一路风雨跋涉变得丰富而充实；在我看来，这就是不虚此生。是的，我喜欢出发，愿你也喜欢。

（首次发表于《知音》1992年第4期；首次出版于《汪国真诗文集》，内蒙古人民出版社1996年版。）

兰花
34 cm × 138 cm
纸本水墨
2012年

山高路远
34 cm × 138 cm
2011年

我愿意像茶
34 cm × 138 cm
2011年

高贵莫如紫
129 cm × 248 cm
纸本设色
2012年

热爱生命

我不去想是否能够成功
既然选择了远方
便只顾风雨兼程

我不去想能否赢得爱情
既然钟情于玫瑰
就勇敢地吐露真诚

我不去想身后会不会袭来寒风冷雨
既然目标是地平线
留给世界的只能是背影

我不去想未来是平坦还是泥泞
只要热爱生命
一切，都在意料中

（创作于1987年9月17日，1987年11月17日获《全国短诗大展赛作品集》一等奖。首次发表于《追求》1988年第2期；首次出版于《年轻的思绪——汪国真抒情诗抄》，文化艺术出版社1990年版。）

莫言

1956年生，原籍山东高密。

中国当代著名作家，中国首位诺贝尔文学奖获得者。

1976年参加中国人民解放军，先后为战士、班长、教员、干事、创作员。

1984—1986年在解放军艺术学院文学系学习，获大专文凭。

1991年毕业于北京师范大学鲁迅文学院研究生班，获文艺学硕士学位。

曾在中国人民解放军总参谋部政治部、《检察日报》影视部、最高人民检察院影视中心工作。

2007年10月调入中国艺术研究院。

现任中国作家协会副主席，第十二届全国政协委员，享受国务院政府特殊津贴专家。

主要作品有《红高粱》《酒国》《丰乳肥臀》《檀香刑》《生死疲劳》《蛙》等。

迄今为止，创作了11部长篇小说、25部中篇小说、80余篇短篇小说、

3部话剧、两部戏曲、5部电影剧本、50集电视剧剧本，并有散文、杂文多篇。

作品被翻译成50余种语言，200多个外文版本。

《红高粱家族》
小说
解放军文艺出版社
1987年

《丰乳肥臀》
小说
作家出版社
1996年

《酒国》
小说
湖南文艺出版社
1993年

《十三步》
小说
作家出版社
1989年

《生死疲劳》
小说
作家出版社
2006年

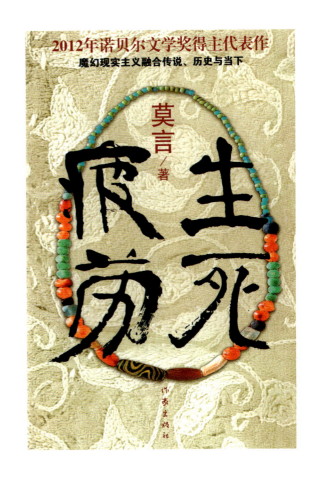

《食草家族》
小说
华艺出版社
1993年

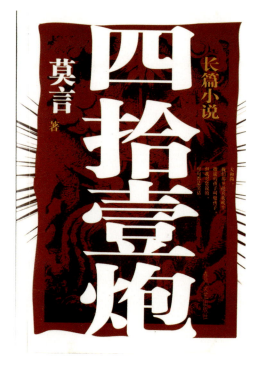

《四拾壹炮》
小说
春风文艺出版社
2003年

《檀香刑》
小说
作家出版社
2001年

《蛙》
小说
上海文艺出版社
2009年

李冰

笔名淡巴菰。

中国作家协会会员，中国女摄影家协会会员。

曾为资深媒体记者、编辑，曾任驻美外交官。

现供职于中国艺术研究院文学艺术院。

作为专栏作家，曾在《北京娱乐信报》《深圳特区报》《北京晚报》撰写专栏文章多年，多次获得北京市、深圳市优秀专栏和好作品奖。

出版散文集《我在洛杉矶遇见的那个人》，小说《写给玄奘的情书》，

纪实文学《一念起，万水千山》《人间久别不成悲》《听·说》等11部。

《听·说》被译为英文出版。

《听·说01》（中文版）
纪实文学
文化艺术出版社
2010年

《听·说02》（中文版）
纪实文学
文化艺术出版社
2010年

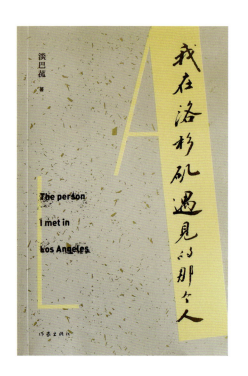

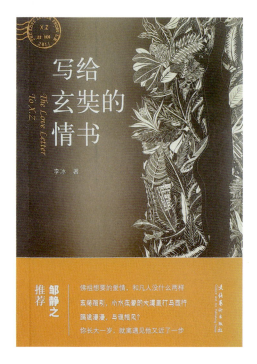

《我在洛杉矶遇见的那个人》

散文集

作家出版社

2017年

《写给玄奘的情书》

小说

文化艺术出版社

2011年

《一念起，万水千山》
纪实文学
高等教育出版社
2011年

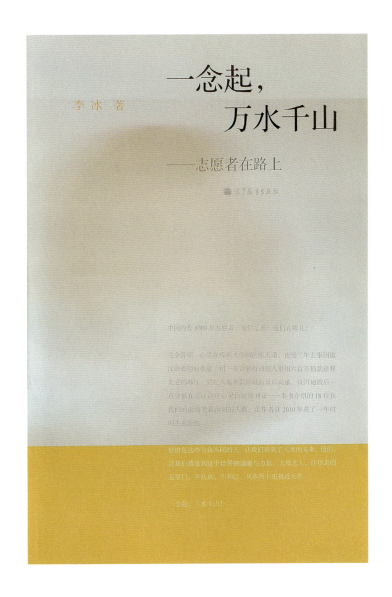

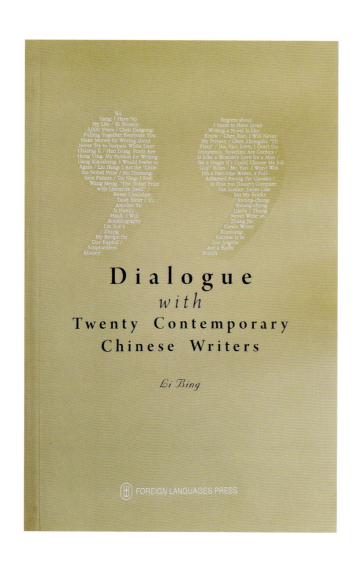

Bo Yang: I Have No My Life / Bi Shumin: 3,000 Years / Chen Jiangong: Pulling Together Everyone You Make Money by Writing about Never Try to Surpass White Deer Chasing It / Han Dong: Poets Are Hong Ying: My Passion for Writing Liang Xiaosheng: I Would Prefer to Again / Liu Heng: I Act the "Little the Nobel Prize / Shi Tiesheng: time Patient / Tie Ning: I Feel Wang Meng: "The Nobel Prize with Literature Itself" / Sweet Chocolate, Taste Bitter / Yu Another Yu Is Hardly Haidi: I Will Autobiography I'm Not a Zhang My Recipe for Das Kapital / Scriptwriters Abused

Regrets about I Seem to Have Lived Writing a Novel Is like Know / Chen Ran: I Will Never My Privacy / Chen Zhongshi: "I'll Plain" / Hai Yan: Love, I Don't Go Immortals, Novelists Are Coolies / Is Like a Woman's Love for a Man Be a Singer If I Could Choose My Job Guy" Roles / Mo Yan: I Won't Win I'm a Part-time Writer, a Full-Ashamed Facing the Classics / Yan Lianke: Juries Like but My Books Kwang-chung: Kwang-chung Likely / Zhang Never Write an Zhang Jie: Clever Writer Xtanliang: Success Is in Zou Jingzhi: Are a Badly Bunch

Dialogue
with
Twenty Contemporary
Chinese Writers

Li Bing

FOREIGN LANGUAGES PRESS

《听·说》(英文版)

纪实文学

外文出版社

2011年

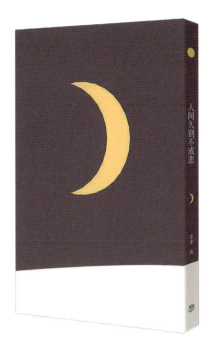
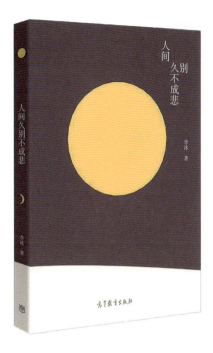

《人间久别不成悲》
随笔、对话
高等教育出版社
2019年

唐凌

文学博士。中国艺术研究院文学艺术院副院长。

曾任职于文化部艺术司，中国国家大剧院创作中心主任、《艺术评论》杂志主编。

编剧作品：话剧《望》《竹林七贤》《广陵散》，湘剧《护国》，

舞剧《到那时》，音乐剧《鲸落》，跨界歌剧《猖狂·穷途》等。

出版专著《全球化背景下的对话》《当代舞台艺术家访谈录》

《中国当代舞台艺术对外传播与国家形象塑造理论探析》

《中国当代舞台艺术与国家形象塑造案例研究》，并发表学术论文及评论多篇。

承担国家社科基金艺术学青年项目"中国当代舞台艺术与国家形象塑造"、

中国艺术研究院课题"改革开放四十年中外交融剧目研究"。

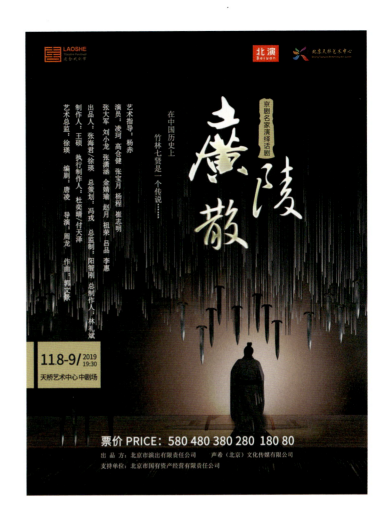

话剧《广陵散》海报

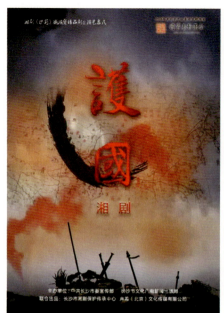

湘剧《护国》海报及剧照

话剧《望》海报

357

话剧《竹林七贤》剧照及海报

管笑笑

1981年生于山东高密。

北京师范大学现当代文学博士。

现任职于中国艺术研究院，从事文学研究工作。

出版学术专著《莫言小说文体研究》、小说《一条反刍的狗》、

译著《加百列的礼物》，并在国内期刊发表多篇学术论文。

近年来参与电视剧剧本写作、影视策划等工作，

编剧作品《红高粱》、策划监制作品《藏宝图》等。

因《红高粱》获2015年白玉兰奖中国电视剧最佳编剧提名。

管笑笑编剧的《红高粱》海报

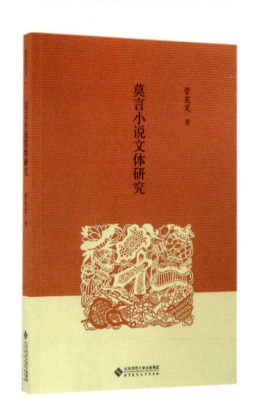

《莫言小说文体研究》
专著
北京师范大学出版社
2016年

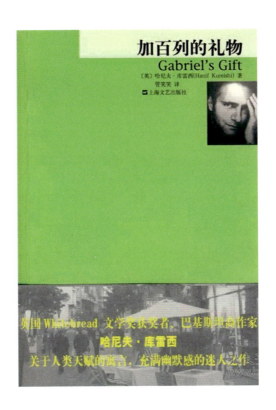

《加百列的礼物》

译著

上海文艺出版社

2008年

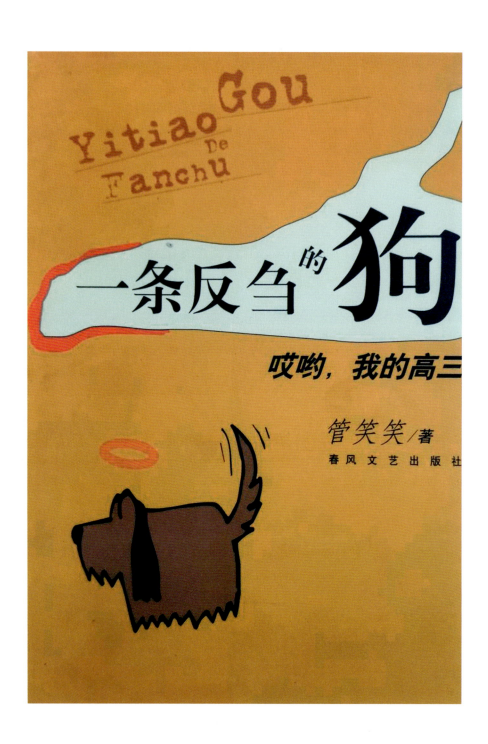

Yitiao Gou
De
Fanchu

一条反刍的_的狗

哎哟，我的高三

管笑笑/著

春风文艺出版社

《一条反刍的狗》
小说
春风文艺出版社
2003年